RAGNAR JÓNASSON • WEICH FÄLLT DER SCHNEE

RAGNAR JÓNASSON

WEICH FÄLLT DER SCHNEE

Kriminelle Weihnachtsgeschichten aus Island

Übersetzt von Andreas Jäger und Anika Wolff

btb

Inhalt

Ein Brief an den Weihnachtsmann

Heiligabend in Siglufjörður, hoch im Norden von Island. Eine geschichtsträchtige Stadt, früher einmal das florierende Zentrum der isländischen Heringsfischerei, heute ein ruhigerer Ort mit deutlich weniger Einwohnern. Im Sommer ist es hier hell, wenn auch etwas kühl, mit vierundzwanzig Stunden Tageslicht um die Sommersonnwende, aber bitterkalt und dunkel im Winter, wenn die Sonne Ende November hinter den mächtigen Bergen verschwindet und erst zwei Monate später wieder auftaucht.

Gunnar erwartete keinen Besuch an diesem Abend des 24. Dezember. Nach dem Tod seiner Frau vor zwei Monaten lebte er allein. Über zwölf Jahre waren vergangen seit dem Tag damals im Sommer, als ihre Tochter Jódís, gerade sechzehn Jahre alt, spurlos verschwunden war.

Anfangs hatte er nur Verzweiflung empfunden, dann vielleicht einen Funken Hoffnung und Zuversicht, dann wieder Verzweiflung. Nichts war mehr so wie zuvor, Jódís' Abwesenheit überschattete alles. Sein

Kummer überwältigte ihn, bis kaum noch ein Lichtstrahl die Dunkelheit durchdrang.

Jódís war wie immer in ihr Zimmer im Erdgeschoss gegangen, um sich schlafen zu legen, und am nächsten Morgen war sie nicht mehr da. Es gab keinerlei Hinweise darauf, was passiert war. War sie vielleicht schlafgewandelt? So etwas hatte sie noch nie gemacht, aber die Möglichkeit wurde nicht ausgeschlossen. Sie hatten sofort die Polizei alarmiert, und eine umfangreiche Suchaktion wurde gestartet. Es gab keinerlei Anzeichen für eine Entführung, nirgendwo war Blut, ihr Zimmer so sauber und aufgeräumt wie immer. Sie war einfach wie vom Erdboden verschluckt. Gunnar machte sich selbst auf die Suche, Tag für Tag, Woche für Woche, stets vergebens. Er wusste, dass die Polizei die Umgebung gründlich durchkämmt hatte, doch er hatte das dringende Bedürfnis, irgendetwas zu tun.

Die Polizei deutete an, dass Jódís wahrscheinlich davongelaufen war. Sie sagten, das sei der häufigste Grund für das Verschwinden von Teenagern. War sie in schlechte Gesellschaft geraten? Hatte sie Drogen genommen? Zu viel getrunken? Nein. Die Antwort lautete immer Nein.

Tage vergingen, dann Wochen und Monate. Das Medieninteresse ließ nach. Doch die Menschen in dem kleinen Städtchen Siglufjörður vergaßen natürlich nicht, und jedes Mal, wenn Gunnar das Haus verließ, begegnete er Blicken, in denen Mitgefühl lag, aber auch eine Spur Argwohn. Hatten er und seine Frau etwas mit dem Verschwinden ihrer Tochter zu tun?

Und jetzt waren zwölf Jahre vergangen. Er dachte jeden Tag an sie. Und es tat immer noch weh, auch nur an sie zu denken. Es tat sogar weh, wenn er versuchte, nicht an sie zu denken. Sie hatte ihn nie kontaktiert, aber dennoch wusste er, dass sie noch lebte. Er spürte es einfach, ganz intensiv. Es war ein solcher Schock gewesen, als sie verschwand, und er hatte Jahre gebraucht, um sich damit … zu arrangieren. Natürlich würde er es niemals akzeptieren, aber er hatte sich irgendwie arrangiert. Er machte einfach weiter, ließ die Tage verstreichen, während er auf ihre Rückkehr wartete.

Und jetzt war er allein in dem großen Haus.

An Weihnachten las er immer ihren Brief. Den Brief, den Jódís vor so vielen Jahren an den Weihnachtsmann geschrieben hatte, als sie gerade mal sechs Jahre alt war. Sie hatte ihn so gut versteckt, dass er ihn erst nach ihrem Verschwinden entdeckt hatte. Der Brief hatte ihm zwar schlaflose Nächte bereitet, doch jedes Jahr an Weihnachten las er ihn wieder, um sich daran zu erinnern, dass all das hätte verhindert werden können, wenn er vor Jahren seinem Verdacht nachgegangen wäre. Wobei »Verdacht« kaum das richtige Wort war. Er hatte es natürlich *gewusst.*

Das Abendessen war im Ofen. Er konnte sich Weihnachten nicht ohne ein selbst gekochtes Essen vorstellen, auch wenn er jetzt nur für eine Person kochte. Es gab auch einen Weihnachtsbaum im Wohnzimmer, eine hübsche Tanne, mit ein wenig bescheidenem Schmuck. Und zwei Geschenke unter dem Baum, eines von Gunnar für sich selbst – ein Buch, das er über die Feiertage lesen wollte. Das Leben geht weiter, man passt sich an, man arrangiert sich, so sagte er sich immer wieder.

Das andere Geschenk war ein altes, von Gunnar und seiner Frau für ihre Tochter. Gekauft vor zwölf Jahren, als sie noch gehofft, noch gewartet hatten. Als erst ein paar Monate vergangen waren – die sich aber wie eine Ewigkeit anfühlten.

Es war wirklich ein Tag wie aus dem Bilderbuch. Gunnar genoss den Bergblick von seinem Wohnzimmer aus, und er war für eine Weile hinaus in den

Garten gegangen. Schnee im Tal, Schnee auf den Bergen, der Himmel sternenklar. Kalt, aber nicht zu kalt.

Jetzt war es kurz nach sechs, und er war im Begriff, sich zum Essen hinzusetzen, als es an der Tür klopfte. Er verharrte einen Moment lang reglos – er konnte nicht glauben, dass er an Heiligabend Besuch bekam. Niemand würde an Heiligabend unangemeldet zu Besuch kommen. Ich muss mich verhört haben, dachte er. Mit langsamen Schritten ging er zur Tür. Wartete. Und dann klopfte es erneut. Nicht allzu laut, aber energisch. Sein Herz setzte einen Schlag aus. Er glaubte zu wissen, wer es war.

Sie dort stehen zu sehen, war ein Schock, gelinde gesagt. Er spürte die Tränen – er konnte nicht verhindern, dass sie flossen, und er wollte es auch gar nicht. Eine ganze Weile stand er da, unfähig, sich zu rühren. Zwölf Jahre lang hatte er auf diesen Tag gewartet, und jetzt kam ihm der Moment unwirklich vor.

»Papa«, sagte Jódís nur. Sie hatte den Kopf gesenkt, er hörte sie stoßweise atmen. »Hallo«, fügte sie hinzu, fast so, als wäre sie zu aufgeregt, um längere Sätze zu bilden. An ihren Augen war deutlich zu sehen, dass sie geweint hatte.

Er wusste nicht, was er sagen sollte, und so trat er

nur einen Schritt vor und schloss sie in die Arme. Endlich sagte er: »Ich habe immer gewusst, dass du wiederkommen würdest.«

»Ich nicht«, erwiderte sie.

»Wie geht es dir, mein Goldschatz?«

»Es geht mir gut, danke, Papa.«

Sie folgte ihm ins Haus, und sie setzten sich an den Esstisch. Wie in alten Zeiten. »Hast du Hunger?«

Sie nickte. »Ich bin stundenlang gefahren.«

Sie aßen schweigend. Gunnar stand immer noch unter Schock, aber er bemühte sich, die Fassung zu bewahren. Seine Tochter war zurückgekehrt … Er konnte es kaum glauben.

»Du hast mich sicher erwartet«, sagte sie schließlich.

»In gewisser Weise, vielleicht«, gab er zu. Dann fügte er hinzu: »Das ist für dich.« Er deutete auf das Geschenk. »Es ist allerdings schon Jahre hier und wartet auf dich.«

»Danke.« Zum ersten Mal lächelte sie.

»Hast du vor zu bleiben?«, fragte er vorsichtig und fürchtete sich ein wenig vor der Antwort.

»Für eine Weile, ja. Aber ich habe einen Freund in Reykjavík. Wir wohnen zusammen. Ich bleibe aber auf jeden Fall über die Feiertage.«

Sein Herz schlug zu schnell. Das alles kam ihm vor wie ein Traum. »Wohin bist du gegangen?« So eine einfache Frage, beladen mit so vielen Jahren der Sorge und der Angst.

»Mein Freund hat mir geholfen, für eine Weile … na ja, zu verschwinden. Erst mal nur fort von Siglufjörður, und dann habe ich ein Schiff genommen. Ich habe ziemlich lange im Ausland gelebt. Ich bin mir nicht sicher, ob ich mir das alles damals gründlich überlegt hatte, aber ich musste weg. Das weißt du. Ich musste weg.« Sie hielt inne. »Und dann war ich schon zu lange weg, und ich konnte mir einfach nicht vorstellen, jemals wieder heimzukommen. Erst jetzt … Es tut mir leid.«

»Nein, mir tut es leid«, entgegnete er sofort. »Ich hätte etwas unternehmen sollen. Weißt du, ich habe deinen Brief behalten. Ich habe ihn immer wieder gelesen …«

Sie stutzte. »Meinen Brief?«

»Du weißt schon – deinen Brief an den Weihnachtsmann.«

Einen Moment lang wirkte sie überrascht, doch dann schien sie zu begreifen, wovon er redete. »Wirklich? Wow … den hatte ich völlig vergessen. Ich war da doch gerade mal wie alt – fünf oder sechs?«

»Sechs«, sagte er leise.

»Ich wusste nicht, wohin ich ihn schicken sollte, also habe ich ihn einfach versteckt, glaube ich … Es ist so lange her.«

»Weißt du noch, was du geschrieben hast?«

»Natürlich. Und du hast ihn gelesen, also weißt du es jetzt auch.«

»Ich glaube, ich habe es immer schon gewusst. Anfangs war es natürlich nur ein Verdacht. Ich habe mich so lange wie möglich an der Illusion festzuklammern versucht, dass alles in Ordnung sei. Es tut mir leid, dass ich nicht mehr getan habe …« Er zögerte, dann korrigierte er sich: »Es tut mir leid, dass ich *nichts* getan habe. Ich war zu schwach.« Und plötzlich fing er wieder an zu weinen.

Jódís erwiderte nichts. Sie stand auch nicht auf, um ihn zu trösten.

»Ich habe euch beide gehasst«, sagte sie ruhig. »Ich habe sie für das gehasst, was sie getan hat, und dich für das, was du nicht getan hast. Für deine Untätigkeit.« Die Sätze hörten sich an wie eingeübt. »Ihr konnte ich nie verzeihen, aber nach und nach habe ich es fertiggebracht, dir zu verzeihen. Deswegen bin ich hier. Deswegen bin ich zurückgekommen.«

»Wann hat es angefangen? Offenbar schon vor deinem sechsten Lebensjahr, nach deinem Brief zu urteilen.«

»Ich weiß es nicht genau. Soweit ich mich erinnern kann, war sie schon immer gewalttätig. Auf sehr subtile Art und Weise natürlich, ohne dass du etwas mitbekamst. Körperliche Gewalt, verbale Gewalt … Ich verstehe nicht, wie du es so lange mit ihr ausgehalten hast.«

Seine einzige Entgegnung war: »Ich bin so froh, dass du wieder da bist.«

Er wollte nicht an all die Jahre denken, die er in einer lieblosen Ehe verbracht hatte, wollte nicht darüber nachdenken, warum er nie seine Koffer gepackt und sie verlassen hatte. Warum er so lange gebraucht hatte, um endlich zu handeln …

»Kann ich mein altes Zimmer haben?«

»Natürlich.« Er lächelte und wischte die Tränen weg. »Es ist mehr oder weniger unverändert. Wir haben immer darauf gewartet, dass du nach Hause kommst.«

»Ich werde morgen wahrscheinlich lange ausschlafen. Ich bin so müde.«

»Nun ja, du warst lange weg …«

Sie stand auf und griff nach dem Geschenk, das unter dem Tannenbaum lag. »Darf ich es aufmachen?«

»Aber sicher doch.«

Sie packte das Geschenk behutsam aus. »Ein Buch«, sagte sie. Sie schien sich zu freuen.

»Ich habe es für ein sechzehnjähriges Mädchen gekauft, also dürfte es für dich heute wohl nicht mehr interessant sein. So eine Art Teenager-Liebesgeschichte. War damals ziemlich populär, glaube ich.«

»Es ist perfekt.« Eine Pause, und dann: »Danke, Papa.«

Sie verließ das Wohnzimmer, kam aber noch einmal zurück und blieb in der Tür stehen. »Wie ist sie gestorben?«

»Deine Mutter?«

»Ja.«

»Sie ist im Schlaf gestorben. Eine Überdosis Schlaftabletten. Die Polizei sagte, dass es wahrscheinlich ein Suizid war, aber die offizielle Version war Unfalltod. Sie hatten Mitleid mit uns, verstehst du ... Die Leute haben uns immer bemitleidet, seit deinem Verschwinden.«

Sie nickte. »Kann ich mir vorstellen.«

»Die Sache ist die«, sagte er, »ich habe immer gewusst, dass du zurückkommen würdest, wenn sie tot ist. Ich wusste, dass du noch lebst, aber dass du niemals zu ihr zurückkehren würdest.«

»Du hattest recht.«

Er seufzte. »Ich hoffte nur, dass es nicht zu spät war. Dass ich es noch erleben würde, dich wiederzusehen, und sei es nur noch ein einziges Mal.«

»Siehst du, und jetzt ist es tatsächlich so gekommen. Wir haben uns sicher eine Menge zu erzählen.«

In diesem Moment war Gunnar einfach nur froh, dass er endlich den Mut aufgebracht hatte zu handeln. Nach all den Jahren. Die Liebe war nach und nach in Hass umgeschlagen, und so war es ihm am Ende nicht besonders schwergefallen, seine Frau umzubringen.

Weich fällt der Schnee

Die Schneeflocken rieselten auf die Erde herab, eine nach der anderen. Ein majestätischer Anblick – doch außer Ari Þór Arason war niemand da, der sich daran erfreute. Er stand am Wohnzimmerfenster und hörte eine alte Schallplatte mit klassischer Weihnachtsmusik. Bis zur Christmette im Radio war es noch etwa eine Stunde, und er wollte sich nicht vor Punkt achtzehn Uhr am Heiligabend zu Tisch setzen. So war es immer schon gewesen, seit er als kleiner Junge mit seinen Eltern Weihnachten gefeiert hatte.

Es gab geräucherten Weihnachtsschinken – auch dies eine Tradition, die er von seinen Eltern übernommen hatte. Es war schwierig gewesen, einen Schinken zu finden, der klein genug für eine Person war, aber wenn etwas übrig blieb, hätte er auch noch über die Feiertage etwas davon. Dass er sich an Weihnachten freinehmen konnte, gehörte zu den Privilegien, die ihm zustanden, nachdem er nun endlich einen Stellvertreter hatte – einen jungen Polizisten namens Ögmundur. Dabei waren die Feiertage ohnehin meist ziemlich ruhig, und außerdem hatte er auch niemanden, mit dem er die freie Zeit hätte genießen können.

Kristín war mit ihrem gemeinsamen Sohn Stefnir nach Schweden gezogen. Heute war übrigens Stefnirs dritter Geburtstag, und da schmerzte es Ari ganz besonders, ihn nicht in der Nähe zu haben. Er hatte Kristín sogar vorgeschlagen, dass er Weihnachten mit den beiden in Schweden verbringen könnte, und sie hatte gründlich darüber nachgedacht, sich aber am Ende dagegen entschieden. »Wir sind noch dabei, uns einzugewöhnen – es könnte zu viel für ihn sein. Er ist ja noch so klein. Wir verbringen Ostern in Siglufjörður, und nächstes Jahr kannst du dann an Weihnachten zu uns kommen, versprochen. Lass es uns einfach langsam angehen, wenn das für dich okay ist?« Er hatte sagen wollen, dass es nicht okay war, doch er hatte am Telefon keinen Streit anfangen wollen.

Die Weihnachtsmusik wurde vom Läuten seines Handys gestört. Er ging zum Klavier, wo er es abgelegt hatte. Es war Ögmundur, sein Stellvertreter.

»Ja?«, meldete sich Ari Þór einigermaßen ungehalten. Er konnte sich nicht vorstellen, was so wichtig wäre, dass Ögmundur ihn dafür am Heiligabend stören musste.

»Ari, da war diese Frau, die dich sprechen wollte«, kam Ögmundur ohne Umschweife zur Sache.

»Welche Frau?«

»Eine ältere Dame, sie wohnt in der Hólavergur.«

»Kenne ich sie?«

»Nein, nicht dass ich wüsste. Sie heißt Halla und ist so um die achtzig.«

»Und wo brennt es?«, fragte Ari Þór, immer noch ziemlich verärgert.

»Ich weiß nicht genau. Sie sagte nur, dass sie mit dir persönlich sprechen will.«

»Und du bist nicht auf die Idee gekommen, dass du dich selbst darum kümmern könntest?«

Es war einen Moment still.

»Nein. Ich wusste ja, dass du sowieso allein bist und nichts zu tun hast. Also, soll ich dir nun ihre Nummer geben?«

Ari Þór seufzte. »Na schön …«

Zehn Minuten später saß er in Hallas großem Wohnzimmer. Er hatte den Schinken im Ofen gelassen und sich ausgerechnet, dass er sich eine halbe Stunde für die alte Dame Zeit nehmen könnte und trotzdem noch rechtzeitig zur Messe zurück wäre. Der kurze Spaziergang im Schnee war auch erfrischend gewesen. Es war fast vollkommen still im Dorf, und oben am Berghang konnte er die traditionelle Neujahrsdekoration sehen, wo die Lichter das laufende Jahr anzeigten. Am 31. Dezember um Mitternacht würden sie von 2015 auf 2016 umspringen.

Er war Halla noch nie zuvor begegnet, doch sie wusste offenbar, wer er war. Sie war nicht sehr groß, aber dennoch eine recht stattliche Erscheinung. In ihrem eleganten Weihnachtskostüm wirkte sie jung für ihr Alter, und ihre Augen blitzten klug.

»Das ist wirklich nett von Ihnen, dass Sie sich die Zeit nehmen«, sagte sie mit freundlicher Stimme. »Ich weiß nicht, warum ich das Bedürfnis hatte, Sie gerade jetzt zu kontaktieren, aber es war einfach so ein merkwürdiger Brief.« Dann fügte sie hinzu: »Und ich weiß, dass Sie mal Theologie studiert haben, deshalb denke ich mir, dass Sie etwas von diesen Dingen verstehen.«

Er fragte nicht, was sie mit »diesen Dingen« meinte. Stattdessen sagte er: »Erzählen Sie mir etwas über diesen Brief.« Sie hatte ihn am Telefon schon kurz erwähnt.

Jetzt stand sie auf und ging langsam aus dem Zimmer. Kurz darauf kam sie mit einem Brief in der Hand zurück.

»Das ist nicht der einzige, müssen Sie wissen. Es ist nur der letzte.« Sie reichte Ari Þór den Brief.

Er war nicht sehr lang – eine Seite, handgeschrieben, in einer ziemlich unleserlichen Handschrift. Die Anrede lautete »Liebe Halla«, unterschrieben war er von einem Mann namens Einar. Der Inhalt war in keiner Weise verdächtig oder verstörend – nur ein paar Erinnerungen an frühere Tage und am Schluss die besten Wünsche für ein frohes Weihnachtsfest.

»Kennen Sie diesen Mann? Diesen Einar?«

Sie nickte.

»Und es ist nicht der erste Brief von ihm?«

»Nein. Ich bekomme jedes Jahr einen zu Weihnachten. Soll ich sie Ihnen zeigen?« Und ohne auf eine Antwort zu warten, verschwand sie wieder im Nebenzimmer. Als sie wiederkam, hatte sie ein kleines Holzkästchen in der Hand, das sie auf den Tisch stellte und öffnete. Es war voll mit Briefen. Ari Þór sah den Stapel durch. Die Handschrift war immer die gleiche, und alle Briefe, die er überflog, waren an Halla gerichtet und von Einar unterschrieben.

»Es tut mir leid«, sagte er. »Ich verstehe das Problem nicht recht. Dieser Mann …« Er wählte seine Worte mit Bedacht. »Belästigt er sie vielleicht auf irgendeine Weise?«

»Nein, ganz und gar nicht.« Sie schüttelte energisch den Kopf. »Wissen Sie, wir waren nämlich verheiratet.«

»Sie *waren* verheiratet? Und sind es nicht mehr?«

»Nein. Wir haben bald nach dem Krieg geheiratet, ich war noch sehr jung, erst neunzehn. Er war älter.«

»Und haben Sie immer hier in Siglufjörður gewohnt?«

»Ja, ich bin hier geboren. Er übrigens auch.«

»Und Sie haben sich scheiden lassen?«

Sie schwieg eine Weile, dann sagte sie: »Nein, er ist gestorben.«

»Er ist *gestorben*?« Ari Þór hatte nicht mit dieser Antwort gerechnet, obwohl es eigentlich naheliegend war. Die Frau war um die achtzig, laut Ögmundurs Angaben, und sie hatte Ari Þór gerade gesagt, dass sie einen älteren Mann geheiratet hatte. »Wann?«

»Vor dreißig Jahren«, erwiderte sie. »Da fing das mit den Briefen an.«

Ari verspürte ein unbehagliches Kribbeln zwischen den Schulterblättern.

»Ist er gestorben oder … fortgegangen? Verschwunden?« Seine Gedanken schweiften zu seinem eigenen Vater ab, der spurlos verschwunden war, als Ari Þór noch ein kleiner Junge war.

Sie antwortete nicht sofort.

»Er ist ganz sicher gestorben«, sagte sie schließlich bestimmt.

»Dann schickt Ihnen also jemand Briefe in seinem Namen? Und das schon seit dreißig Jahren.«

Sie starrte ihn nur an, als ob sie seiner Logik nicht recht folgen könnte. Vielleicht glaubte sie ja wirklich, dass die Briefe von jenseits des Grabes kamen …

»Haben Sie irgendeinen Verdacht, wer Ihnen auf diese Weise Angst einjagen will?«

»Nein.«

»Haben Sie das früher schon einmal der Polizei gemeldet?«

Wieder die gleiche Antwort. »Nein.«

»Ich weiß nicht recht, wie ich Ihnen da helfen kann«, sagte er. »Wir können uns den Fall im neuen Jahr noch einmal vornehmen, wenn Sie sich immer noch Sorgen machen.« Dann fügte er hinzu: »Befürchten Sie, dass Ihnen jemand etwas antun könnte?«

Sie lächelte. »Nein, absolut nicht. Ich bin zu alt, um mich zu fürchten. Ich habe nicht mehr sehr lange zu leben.«

»Dann haben Sie also kein Problem damit, über Weihnachten hier allein zu sein?«

»Natürlich nicht. Ich glaube, ich musste nur mal

mit jemandem reden. Danke, dass Sie gekommen sind.« Sie stand auf.

»Vielleicht sollte ich Ihnen meine Telefonnummer geben, nur für alle Fälle«, sagte er.

»Das ist sehr freundlich von Ihnen. Ich gebe Ihnen auch meine«, erwiderte sie.

Halla ging wieder hinaus, bevor er sie daran erinnern konnte, dass Ögmundur ihm schon ihre Nummer gegeben hatte und dass sie ja bereits telefoniert hatten. Sie kam mit einem kleinen Zettel zurück, dann schrieb sie sich auch Ari Þórs Nummer auf.

Ari sah den Zettel erst an, als er in der Tür stand und sich von der alten Dame verabschiedete.

Ihr Name und ihre Telefonnummer.

Es war die gleiche Handschrift.

Sie saßen wieder im Wohnzimmer. Die Standuhr schlug sechs.

»Keine Sorge, diese Uhr geht seit Jahren zwanzig Minuten vor. Sie werden rechtzeitig zum Weihnachtsauftakt zu Hause sein. Sie wohnen doch nicht weit von hier?«

»Fünf Minuten zu Fuß«, sagte er.

»Ich weiß. In diesem Dorf wissen doch alle über alle Bescheid.«

Sie hatte ihn wieder hineingebeten, nachdem er bemerkt hatte, dass die Handschrift auf ihrem Zettel mit der des Briefeschreibers übereinstimmte.

»Irgendwie hatte ich gehofft, dass Sie es selbst herausfinden würden«, sagte sie und fügte hinzu: »Er war kein netter Mann. Und doch habe ich diese Briefe Jahr für Jahr geschrieben, immer im Dezember, und die Erinnerungen an die guten Zeiten, die wir auch hatten, zu Papier gebracht.«

»Hatten Sie Kinder?«

»Ja. Sie leben beide im Ausland, und dieses Jahr haben sie es beide nicht geschafft, zu Weihnachten nach Hause zu kommen. Sie sind natürlich sehr beschäftigt.«

»Aber noch einmal – dass Sie sich selbst Briefe im Namen eines toten Mannes schreiben, ist doch wohl kaum eine Angelegenheit für die Polizei …«

»Ich habe Sie hergebeten, weil ich es Ihnen sagen wollte, aber dann hat mich der Mut verlassen. Aber ich bin froh, dass ich mich mit meinem Zettel verraten habe. Ich wollte Ihnen die Wahrheit sagen. Wie ich bereits sagte, ich glaube ohnehin, dass ich nicht mehr sehr lange zu leben habe.«

Sie verfiel wieder in Schweigen. Der Schneefall draußen wurde von Minute zu Minute stärker.

»Sehen Sie, ich habe meinen Mann ermordet. Vor dreißig Jahren. Niemand hat je Verdacht geschöpft. Er war ein sehr … Er war ein sehr gewalttätiger Mann.«

Ari Þór saß da und rührte sich nicht. »Sagten Sie, Sie haben ihn *ermordet*?«

Sie nickte.

»Ich glaube, ich hatte einfach das Bedürfnis, es irgendjemandem zu beichten, bevor ich abtrete. Es ist mir, ehrlich gesagt, gleichgültig, was jetzt passiert, denn ich weiß, dass es falsch war, was ich getan habe. Ich weiß es seit dreißig Jahren, und doch habe ich es nie bereut. Ich glaube, irgendwann hätte er *mich* umgebracht.«

Ari Þór wollte fragen, wie sie es getan hatte, aber wenn er ehrlich war, wollte er lieber nicht zu viel wissen. Vielleicht könnte er sich irgendwann, wenn Halla nicht mehr lebte, die alte Akte vornehmen. Aber es war nicht nötig, ihr oder den Kindern jetzt Kummer zu bereiten.

Er stand auf. »Sie wollten ausdrücklich mich sprechen, nicht meinen Kollegen Ögmundur?«

Sie nickte.

»Wollten Sie mit einem Polizisten sprechen, oder … nun ja, mit jemandem, der beinahe Pfarrer geworden wäre?«

Halla lächelte.

»Ich vermute, Sie kennen die Antwort auf diese Frage. Und jetzt gehen Sie besser nach Hause, sonst verpassen Sie noch die Weihnachtsmesse, junger Mann.«

Das Weihnachtsrätsel

Junger Mann, können Sie mir helfen, ein Rätsel zu lösen?«

Es war eine Woche vor Weihnachten, und sie stand am Ladentisch des Mysterious Bookshop in New York.

»Wie bitte?«

Er hatte ein freundliches Lächeln und intelligente Augen.

»Ich wollte Sie fragen, ob Sie mir helfen könnten, ein kleines Rätsel zu lösen.«

»Suchen Sie nach einem Buch?« Die Buchhandlung war auf Kriminalromane spezialisiert, sowohl aktuelle als auch Klassiker. »Ein bestimmter Titel oder Autor?«

»Nein, ich habe ein Rätsel, das ich lösen muss. Eine Art Denkspiel. Nichts allzu Kompliziertes – ich muss wahrscheinlich nicht mehr als eine halbe Stunde Ihrer Zeit in Anspruch nehmen.«

»Eine halbe Stunde?« Er sah auf seine Uhr. »Wir schließen in etwa zehn Minuten, und ich muss dann leider gleich los, aber …« Jetzt sah er sie an, und schließlich sagte er: »Ich bin nächste Woche wieder hier, wenn Sie dann noch mal vorbeischauen möchten?«

»Das wäre wunderbar, vielen Dank. Ich habe alle Zeit der Welt. Welcher Tag wäre das?«

»Nun ja, der 24. Ist das okay für Sie? Wir schließen an dem Tag um zwölf, und es ist meistens ziemlich viel los, weil viele Kunden noch in letzter Minute ein Geschenk kaufen möchten, aber ich denke, ich kann mir wahrscheinlich eine Viertelstunde Zeit nehmen, sobald ich abgeschlossen habe.«

»Ich bin sicher, dass ein Mann von Ihrer Intelligenz mir dieses Rätsel in fünfzehn Minuten lösen kann. Also dann bis Heiligabend, junger Mann! Vielen Dank.«

Die Fahrt von ihrem Haus zum Laden war ziemlich beschwerlich gewesen. Die U-Bahn war voll, auf den Gehsteigen lag Schnee. An einem Tag wie diesem, so schön er auch sein mochte, spürte sie deutlich ihr Alter. Dieses Jahr war sie achtzig geworden. Sie kam selten in die Verlegenheit, es laut aussprechen zu müssen – achtzig –, aber das Wort klang irgendwie nicht richtig, es kam ihr fremd vor. Es ließ sie alt erscheinen, dabei fühlte sie sich im Herzen immer noch jung. Doch die Kälte und der Schnee machten ihr unmissverständlich klar, dass sie jedenfalls nicht jünger wurde.

Viele Menschen schienen noch in letzter Minute Weihnachtseinkäufe zu erledigen – sie drängten sich in der U-Bahn und in den Straßen. Doch es herrschte eine festliche Atmosphäre, und die Stadt sah im Schnee recht hübsch aus. Der 24. Dezember war der Auftakt zum Weihnachtsfest, für sie jedoch bedeutete der Tag noch ein wenig mehr. Sie war in Island geboren und aufgewachsen, als Tochter eines amerikanischen Vaters und einer isländischen Mutter, und in ihrer Familie hatten sie Weihnachten immer auf die isländische Art gefeiert. In Island war der 24. der wichtigste Weihnachtsfeiertag, an dem die Familien sich um sechs Uhr versammelten, um die Christmette im Radio anzuhören oder in die Kirche zu gehen. Danach gab es das Festessen, und anschließend wurden die Geschenke ausgepackt. Es war Tradition, einander zu Weihnachten Bücher zu schenken, und später am Heiligabend machte man es sich mit seinen neuen Büchern gemütlich, vielleicht bei Kerzenschein, und las bis tief in die Nacht. So hatte auch ihre Liebe zu Büchern angefangen, und vielleicht hatte sie sich deswegen in einen Büchersammler verliebt.

Sie hatte kein Problem damit, den Tag in der Buchhandlung zu verbringen – im Gegenteil, sie hatte sich sogar darauf gefreut –, aber heute Abend würde sie Weihnachten auf ihre Weise feiern, sich etwas Feines kochen und bis in die Nacht lesen. Nicht unbedingt ein neues Buch, sondern eher ein altes aus der Bibliothek ihres verstorbenen Ehemanns.

Ihr Mann war ein wahrer Büchernarr gewesen, und seine Liebe zu den Detektivromanen des Goldenen Zeitalters war quasi sein Leben – und sein Tod – gewesen. Er hatte früh mit dem Sammeln begonnen. Geboren und aufgewachsen im New York der Dreißigerjahre, hatte er als Junge im wahrsten Sinne des Wortes die Luft des Goldenen Zeitalters eingeatmet, auch wenn ihm das erst später richtig bewusst geworden war. Sie war in ihren Zwanzigern nach Amerika gekommen, als ihre Eltern beschlossen hatten, dass ein Tapetenwechsel angebracht wäre. In New York hatte sie ihr Kunststudium abgeschlossen, und ein paar Jahre danach hatte sie ihren Mann kennengelernt. Das war Anfang der Sechzigerjahre. Er war zehn Jahre älter als sie, aber sie hatten sich wirklich gesucht und gefunden. »Liebe auf den ersten Blick« war ihr zu klischeehaft, aber es war einfach eine wundervolle New Yorker Romanze gewesen.

Doch in letzter Zeit war ihr Freundeskreis beinahe täglich kleiner geworden. Einen nach dem anderen hatte der Tod dahingerafft, und mit einem Mal fand sie sich völlig allein. Über ein halbes Jahr war seit dem Tod ihres Mannes vergangen. Er war fast neunzig gewesen, aber sie war sich sicher gewesen, dass ihm immer noch ein paar gute Jahre blieben. Er war immer sehr gesund gewesen, und sie hatte sich vorgestellt, dass sie ihren Lebensabend in vollen Zügen genießen würden, trotz seines hohen Alters. Sie würden reisen, lesen, Kulturveranstaltungen besuchen oder sich in ihrem hübschen Brownstone-Haus in der City entspannen. Sie waren beide Theater- und Opernfans, und das Kulturangebot in einer Metropole wie New York war schier unerschöpflich. Ihrer beider wahre Liebe aber hatte dem Lesen gegolten. Natürlich hatten sie es beide nie geschafft, sämtliche Bücher in ihrer riesigen Sammlung von Krimi-Erstausgaben zu lesen, aber dennoch hatten sie regelmäßig neue Bücher gekauft, weil es ihnen einfach Spaß machte, neue Stimmen zu entdecken.

Von ihr hatte er den Brauch übernommen, zu Weihnachten ein neues Buch zu verschenken, aber dieses Jahr würde es keine neuen Bücher, keine Geschenke geben. Sie hatte niemanden, dem sie ein Buch schenken konnte, und niemand schenkte ihr etwas. Nun, stattdessen hatte sie sich bereits einen Klassiker aus den Dreißigerjahren ausgesucht, den sie noch nicht gelesen hatte – einen Philo-Vance-Krimi, der in New York spielte.

Sie ging die letzten Schritte zur Buchhandlung durch den Schnee. Sie war ziemlich weit weg von zu Hause, am anderen Ende von Manhattan, aber umgeben von so vielen Büchern würde sie sich ganz gewiss wie zu Hause fühlen. In dem mit Schneeflocken dekorierten Schaufenster lagen stapelweise die neuesten Titel, und als sie den Laden betrat, wurde sie von einem geschmackvoll geschmückten Weihnachtsbaum begrüßt. Und es roch sogar ein wenig nach Zimt, was sie überraschte, bis sie die große Duftkerze entdeckte, die auf dem Tresen brannte. Und da war er, der junge Mann, mit einem Lächeln auf den Lippen. Es war kein einziger Kunde im Laden.

»Entschuldigen Sie, ich bin ein wenig früh dran«, sagte sie in bedauerndem Ton.

»Oh, das macht doch nichts. Es war nicht viel los heute. Ich schließe in fünf Minuten. Liegt wohl am Wetter, denke ich.«

»Oder daran, dass die Leute Bücher nicht mehr so zu schätzen wissen«, erwiderte sie.

»Na, ich hoffe doch sehr, dass das nicht der Grund ist.« Er lächelte wieder.

»Ich schaue mich nur noch ein wenig um, wenn Sie nichts dagegen haben, und dann können wir uns zusammensetzen, sobald Sie geschlossen haben.«

»Perfekt.«

»Ich könnte uns vielleicht zwei Tassen Kaffee machen, wenn Sie möchten? Ich brauche etwas Warmes und Starkes gegen die Winterkälte, um ehrlich zu sein«, sagte sie.

»Na ja, warum nicht? Wir haben hinten eine Kaffeemaschine.« Er deutete auf eine Tür am hinteren Ende des Ladens.

»Wunderbar«, sagte sie und ging mit langsamen Schritten auf die Tür zu, während sie den Geruch der alten Bücher einsog, die die Wände säumten. Kein Zweifel: Wenn es einen Himmel auf Erden gab, kamen Buchhandlungen dem schon sehr nahe.

»Haben Sie hier gerade erst angefangen?«, fragte sie und nahm einen Schluck von ihrem Kaffee.

Sie saßen hinter dem Ladentisch. Er hatte einen Stuhl für sie geholt, und er schien bereit und willens, ihr zu helfen, wenngleich sie den Eindruck hatte, dass er an diesem Feiertag vielleicht nicht allzu viel Zeit mit einer Fremden verbringen wollte. Dennoch war er immer noch sehr höflich, und sie hatte auch bestimmt nicht vor, mehr als eine halbe Stunde hier zu verbringen. Er wirkte intelligent genug, um das Rätsel relativ schnell lösen zu können.

»Stimmt, ich habe erst diesen Monat angefangen. Es ist ein befristeter Job, falls sich nicht noch etwas ändert. Ich liebe Bücher, ich war gerade arbeitslos, und einer der festen Mitarbeiter hier musste eine mehrmonatige Auszeit nehmen.«

»Und genießen Sie es, jeden Tag von so vielen Büchern umgeben zu sein?«

»Aber ja doch, es ist perfekt!«

»Das kann ich mir vorstellen«, sagte sie und versuchte, es nicht ironisch klingen zu lassen.

»Also, Sie sagten, es gäbe ein Rätsel zu lösen? Ein Denkspiel?«, fragte er.

Jetzt spürte sie, dass er vielleicht ein klein wenig ungeduldig war.

»Ja, ganz recht, und ich bin schlichtweg überfordert damit, um ehrlich zu sein. Ich habe es unter den Papieren meines verstorbenen Mannes gefunden, und ich habe es zu lösen versucht, aber bislang ohne Erfolg. Es hat etwas mit Detektivromanen zu tun, mit Krimis, wissen Sie? … Mehr weiß ich auch nicht. Und diesen Monat hat es mir einfach keine Ruhe gelassen, denn es ist ein Weihnachtsrätsel.«

»Ein Weihnachtsrätsel?«

»Ja.«

Sie öffnete ihre Handtasche und holte ein zusammengefaltetes, zerknittertes Blatt Papier hervor.

»Ein Weihnachtsrätsel. Das hat er oben auf das Blatt geschrieben«, sagte sie und reichte es dem jungen Mann. Er entfaltete es und legte es behutsam auf den Tisch.

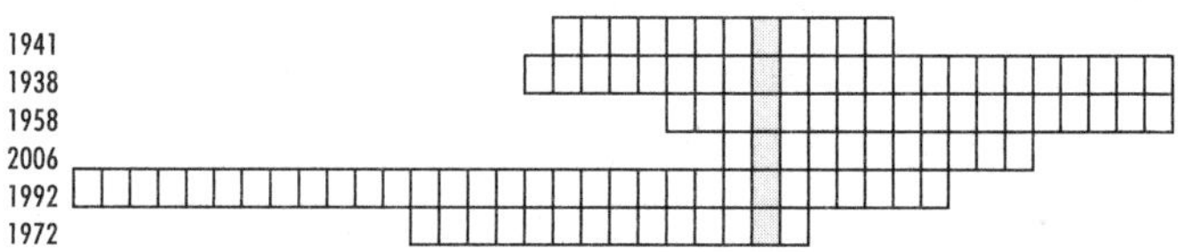

»Also, das ist so eine Art Kreuzworträtsel, oder?«

»Ja, mehr oder weniger. Mein Mann – mein verstorbener Mann, genauer gesagt – liebte Krimis und Kreuzworträtsel, und ganz besonders einige der alten Romane, in denen diese beiden Elemente kombiniert werden. Das ist inzwischen weitgehend aus der Mode gekommen, aber es ist doch eine reizvolle Idee, nicht wahr?«

»Doch, auf jeden Fall.« Er betrachtete eingehend das Papier.

»Wie Sie sehen, sind es nur Zahlen und leere Felder.«

»Zahlen, ja«, sagte er nachdenklich. »Bestimmt Jahreszahlen.«

»Ja, ich weiß. Aber diese Jahre sagen mir nichts. Ich kann nur vermuten, dass sie sich auf Bücher beziehen, wissen Sie? Auf die Erscheinungsjahre.«

»Ja. Also, das dürfte kein allzu großes Problem sein.«

Er betrachtete das Rätsel eingehend, zählte die leeren Felder und machte sich Notizen auf einem Zettel.

»Hmm. Das ist interessant«, sagte er schließlich und nahm einen Schluck Kaffee.

»Ja, interessant und komplex«, erwiderte sie. »Zu komplex? Ich möchte Sie wirklich nicht zu lange aufhalten. Es ist schließlich Weihnachten.«

»Weihnachten steht vor der Tür, das ist schon klar, aber das hier haben wir im Handumdrehen gelöst. Ehrlich gesagt, das ist bislang der Höhepunkt meines Tages. Das Geschäft ist sehr schleppend gegangen, wie ich schon sagte.«

Er sah wieder auf das Blatt, dann las er von dem Rätsel und seinen Notizen ab:

»1941: zwölf Buchstaben. 1938: dreiundzwanzig Buchstaben. 1958: achtzehn Buchstaben. 2006: elf

Buchstaben. 1992: einunddreißig Buchstaben. Und schließlich 1972: vierzehn Buchstaben.«

»Also nicht nur Goldenes Zeitalter«, sagte sie nach einer kurzen Pause.

»Ganz und gar nicht. Ich bin sicher, der eine oder andere von unserem Stammpersonal könnte das sogar ohne Hilfe des Computers lösen, und auch ohne an die Regale zu gehen.«

»Irgendwelche spontanen Ideen vielleicht?«

»Nun ja, Agatha Christie natürlich. Das scheint auf der Hand zu liegen.«

»Welcher Titel?«

»Ich könnte mir vorstellen, dass *Hercule Poirot's Christmas* hier unbedingt dabei sein muss. Ich weiß das Erscheinungsjahr nicht auswendig, aber es ist …« Er schrieb den Titel auf und zählte die Buchstaben. »Ja, dreiundzwanzig Buchstaben. Es passt in die zweite Reihe, also wette ich, dass es 1938 erschienen ist. Lassen Sie mich rasch nachschauen.«

Er wandte sich zum Computer um.

»Er ist ein bisschen langsam, also haben Sie bitte einen Moment Geduld«, sagte er, während er auf der Tastatur tippte.

Sie lächelte. »Aber ja doch. Ich bin nicht in Eile. Ich muss nur die Lösung wissen.«

Er erwiderte das Lächeln. »Ich verstehe«, sagte er, doch sein Gesichtsausdruck erzählte eine etwas andere Geschichte – Mitleid mit der alten Frau vielleicht, für die dieses sonderbare Kreuzworträtsel der Höhepunkt ihres Tages war.

Sie konnte natürlich nicht erwarten, dass er das verstand.

»Ich bin sicher, dass es das ist, die Weihnachtsgeschichte mit Poirot«, sagte sie in die Stille, die zuvor nur vom Brummen des alten Computers erfüllt war. »Es ist ein wunderbares Buch – ich habe es vor Jahren gelesen, aber ich habe es nie vergessen. Die Identität des Mörders ist so raffiniert verschleiert.«

»Das kann man wohl sagen«, entgegnete er.

»Manchmal ist es so in diesen alten Detektivgeschichten. Man kommt einfach nicht darauf. Der Mörder ist derjenige, den man nie in Verdacht hatte, nicht wahr?«

»Absolut richtig, das ist … Oh, da haben wir's. Ja, 1938 – natürlich. Also, eins gelöst, fünf noch offen.« Er sah auf die Uhr, während er sich vielleicht im Kopf ausrechnete, wie lange es bei diesem Tempo dauern würde, den Rest des Rätsels zu lösen.

»Damit hätten wir schon mal ein ›O‹«, sagte sie in ihrem liebenswürdigsten Ton.

»Ein O? Entschuldigen Sie … Ich …?«

»In dem Kreuzworträtsel nehmen wir das erste ›O‹ in Poirots Namen für unser Lösungswort«, sagte sie und fügte dann hinzu: »Es geht doch nichts über ein gutes Rätsel.«

»Ja, das stimmt. Vor allem, wenn es so gut zur Weihnachtszeit passt, oder?«

»Noch irgendwelche spontanen Ideen?«, fragte sie und sah das Rätsel an.

Er antwortete nicht gleich.

»Also … Nicht direkt. Und Sie?«

»Ich bin nicht so gut mit Namen und Jahreszahlen, um ehrlich zu sein. Aber ich habe viele Krimis gelesen. Es könnte also sein, dass ich das alles gelesen habe, wer weiß? Ich hatte gehofft, dass Sie mich in die richtige Richtung lotsen könnten.«

»Nun ja, dann wollen wir es mal versuchen. Vielleicht sind sie ja alle aus dem Goldenen Zeitalter. Wie wäre es also, wenn wir das als Ausgangspunkt nehmen?«

»Ich muss sagen, das klingt nach einer sehr guten Idee.«

»Dorothy L. Sayers«, sagte er mehr zu sich selbst als zu ihr.

»Nun, ich erinnere mich tatsächlich, eine Weihnachtsgeschichte von ihr gelesen zu haben«, sagte sie. »Es ging um eine verschwundene Perlenkette, glaube ich. Auf jeden Fall spielt sie in der Weihnachtszeit. Ob es das sein könnte?«

»›The Necklace of Pearls‹, ja, das gibt es. Aber es ist eine Kurzgeschichte, kein Roman.«

»Ah ja, also eher unwahrscheinlich. Wie viele Buchstaben?«

Er zählte wieder. »Neunzehn.«

»Nein, das passt nicht.«

»Ngaio Marsh?«

»Auch eine von den ganz Großen«, sagte sie und nickte zustimmend. »Also, von ihr habe ich auch etwas gelesen, was an Weihnachten spielt. Und das *war* ein ganzer Roman. Ein ziemlich guter.«

»Sehr gut, ja. Sehr atmosphärisch, jede Menge Schnee«, sagte er. »Er heißt *Tied up in Tinsel.*«

»Würde der irgendwo passen, was meinen Sie?«

»Na ja, es war ein später Marsh, also vielleicht der hier, von 1972 …«

Jetzt zählte sie laut die Buchstaben. »*Tied up in Tinsel* – eins, zwei … acht, neun … dreizehn, vierzehn – ja, wunderbar. Vierzehn!«

»Lassen Sie mich das Erscheinungsjahr noch mal überprüfen. Das ist ja ein Kinderspiel bis jetzt.«

Diesmal schien der Computer besser zu funktionieren.

»Es ist tatsächlich 1972«, sagte er.

»Das wäre dann ein ›E‹.«

Er starrte immer noch auf den Computerbildschirm.

»Ich überlege gerade, ob wir vielleicht ein bisschen schummeln können. Ich weiß, Fairplay ist wichtig und so, aber wir haben hier schließlich eine Buchhandelsdatenbank zur Verfügung …«

»Also, was schlagen Sie vor, junger Mann?«

Ihr fiel auf, dass es draußen zu schneien begonnen hatte. Hoffentlich würde das Wetter bis in die Nacht so bleiben. Es erinnerte sie an die Weihnachten ihrer Kindheit in Island, wo es im Winter nie an Schnee gemangelt hatte. Und was noch passender war: Es erinnerte sie an den ersten Heiligabend, den sie mit ihrem verstorbenen Mann verbracht hatte.

»Das ist wundervoll«, bemerkte sie und deutete auf das Schneegestöber.

Der Mann zuckte mit den Schultern. »Schon. Aber ich hab's nicht so mit Weihnachten.«

»Ach so.«

»Aber um auf das Rätsel zurückzukommen – ich habe mir gedacht, wir könnten doch unsere Datenbank nach dem Stichwort ›Christmas‹ durchsuchen?«

Sie lächelte. »Die Idee gefällt mir. Damit dürften wir der Lösung ein gewaltiges Stück näher kommen.«

Es dauerte eine Weile, bis er die Ergebnisse präsentieren konnte.

»*A Maigret Christmas and Other Short Stories*?«

»Simenon. Eher nicht, wenn es eine Sammlung von Kurzgeschichten ist«, sagte sie.

»*The Big Book of Christmas Mysteries*, herausgegeben von Otto Penzler.«

»Wieder Kurzgeschichten, nehme ich an.«

Er nickte.

»*Hercule Poirot's Christmas* ist natürlich auch dabei, aber das haben wir ja schon. Und hier haben wir C. H. B. Kitchin. *Crime at Christmas.* Wir haben eine Erstausgabe da, von 1934, aber der Titel passt nicht.«

»Sonst nichts?«

»Noch ein paar, von denen ich nicht glaube, dass sie passen. Da wäre ein Roman von Georgette Heyer, der kürzlich neu aufgelegt wurde. Das Jahr 1941 könnte passen, aber der Titel nicht. Tut mir leid.«

»Wie heißt er denn?«

»*A Christmas Party.*«

»Aha. Also zu lang.«

»Ja.«

Er schaute auf den Bildschirm und schien in der Liste nach unten zu scrollen. »Moment mal, hier ist was. *The Christmas Crimes at Puzzle Manor* von Simon Brett.«

»Welches Jahr?«

»Wir haben ein Exemplar der Erstausgabe von 1992.«

Sie sah auf das Rätsel. »Das ist hervorragend. Mal sehen … Ja, das passt genau in die vorletzte Reihe. Damit haben wir …«

»Ein ›L‹«, sagte er.

»Ausgezeichnet. Wir haben ein ›O‹, ein ›L‹ und ein ›E‹. Schon irgendeine Idee?«

»Nicht so richtig. Aber ich sehe hier keine weiteren Weihnachtstitel auf der Liste, also werden wir wohl ein bisschen improvisieren müssen. 1941, 1958 und 2006. Ein Titel aus dem Goldenen Zeitalter, einer aus den Fünfzigern und ein neuerer.«

»Irgendwelche naheliegenden Autoren, die wir noch nicht haben?«

»Na ja, wir haben Christie und Marsh aus dem Goldenen Zeitalter. Sayers haben wir mehr oder weniger ausgeschlossen. Vielleicht Van Dine oder Ellery Queen?«

»Dann würde 1941 gut passen.«

»Warten Sie, ich schaue nach.« Wieder konsultierte er seinen Computer. »1941 ist offenbar kein Ellery Queen erschienen, und Van Dine war da schon tot.«

»Hat denn einer der beiden irgendetwas geschrieben, was an Weihnachten spielt?«

»Ich habe irgendwann mal alle Van Dines gelesen, und ich glaube es eher nicht. Kann natürlich sein, dass ich etwas vergessen habe. Aber es gab einen späten Ellery Queen, der Titel fällt mir gerade nicht ein … Ein sehr guter, das weiß ich noch.«

»Haben Sie welche auf Lager? Und apropos auf Lager – dieser Simon Brett, den würde ich übrigens sehr gerne kaufen, falls er nicht zu teuer ist. Ich habe das Buch nie gelesen, und ich habe doch immer gerne einen guten Krimi zu Weihnachten.«

»Selbstverständlich.« Die Aussicht, dass aus dieser ganzen Geschichte noch ein Verkauf herausspringen würde, schien ihn zu erfreuen.

Sie folgte ihm in den Hauptbereich der Buchhandlung, und wieder war sie überwältigt von der schieren Menge an Büchern. Regale, wohin man schaute, vom Boden bis zur Decke, und dazu noch Tische voller Bücher.

Er musste eine Leiter erklimmen – höher, als sie

sich je hinaufgewagt hätte –, um ihr den Simon Brett zu holen. Die Ellery-Queen-Titel waren auf einer vernünftigeren Höhe, und es gab eine Menge davon. *The Roman Hat Mystery*, in diversen Formaten, und auch ein paar Exemplare ihrer Lieblingsgeschichte, ›The Dutch Shoe Mystery‹. Und dann endlich zog er ein Buch aus dem Regal.

»*The Finishing Stroke*, das ist es! Natürlich. Haben Sie es gelesen?«

»Ich kann mich nicht erinnern, um ehrlich zu sein, aber es ist jedenfalls ein schönes Cover.«

Sie gingen zurück zum Ladentisch.

Er schlug den Ellery-Queen-Roman auf. »Ja, 1958 – und es passt. *The Finishing Stroke*. Das gibt uns ein ›F‹ für das Lösungswort.«

»Gut gemacht, junger Mann. Dann fehlen nur noch zwei.«

Er sah auf seine Uhr und trank einen Schluck von seinem Kaffee, der inzwischen wahrscheinlich schon kalt war.

»Ich kann nicht mehr lange bleiben …«, sagte er.

»Ich weiß«, entgegnete sie in neutralem Ton.

»Vielleicht sind wir der Lösung fürs Erste nahe genug gekommen, und Sie haben ja auch Ihren Simon Brett für die Feiertage. Wie möchten Sie bezahlen?«

»Ich habe nicht viel Geld, um ehrlich zu sein. Mein Mann hat mir nicht viel hinterlassen, nachdem er ein Leben lang hart gearbeitet und viel investiert hatte.«

»Oh …« Der junge Mann verdrehte die Augen. »Es tut mir leid, das zu…«

»Machen wir das Rätsel zu Ende, ja?« Sie formulierte es als Frage, doch in Wirklichkeit war es eher ein Befehl.

»Okay, gut, geben wir noch fünf Minuten drauf.«

»Mehr brauche ich auch nicht.«

»1941 und 2006.«

»1941 – vielleicht ein unbekannter Autor, ein unbekannter Titel?«

»Kann sein, aber wenn das der Fall ist, könnte es ewig dauern, es herauszufinden, wenn das Wort *Christmas* nicht im Titel vorkommt.«

»Und der neuere Titel?«

»2006? Na ja, es gibt bestimmt eine Menge neuere Romane, die in der Weihnachtszeit spielen.«

»Welche Autoren verkaufen Sie zurzeit am besten?«

Er hielt einen Moment inne. »Das kann ich Ihnen gar nicht sagen – ich habe wie gesagt gerade erst angefangen. Aber ich bin sicher, dass unsere Bestsellerliste sich nicht sehr von den nationalen unterscheidet. Also John Grisham, David Baldacci, Lee Child, James

Patterson, Louise Penny, Michael Connelly … Suchen Sie sich was aus!« Er lächelte.

»Ich habe vor ein paar Jahren einen guten Louise Penny gelesen, der an Weihnachten spielt. Aber ich kann mich beim besten Willen nicht an den Titel erinnern.«

Er runzelte die Stirn. »Oh, ich glaube, das ist … Ja, es ist *A Fatal Grace.*« Er drehte sich zum Computer um. »Volltreffer. 2006 – da haben wir's.«

Er füllte die entsprechenden Kästchen aus.

»Wir haben also ein leeres Kästchen, und dann O, F, F, L, E. Das ergibt doch keinen Sinn, oder?«

»Nicht alles ergibt einen Sinn, junger Mann.«

»Vielleicht ist es ein Anagramm?«

»Das werden wir bald wissen, denke ich. Wir brauchen nur noch den ersten Buchstaben.«

»Ja.« In seinem Gesicht las sie Verärgerung, aber vielleicht auch einen Anflug von Misstrauen.

»1941«, sagte sie. »Passt vielleicht einer der Weihnachtstitel von vorhin zu dem Jahr?«

»Na ja, ich kann noch mal nachsehen«, sagte er, doch es war offensichtlich, dass er eigentlich keine Lust hatte.

Sie wartete geduldig. Wie sie ihm bereits erklärt hatte: Sie hatte wirklich alle Zeit der Welt.

»Er hat Bücher gesammelt, das habe ich, glaube ich, schon erwähnt.«

»Bitte?«

»Mein verstorbener Mann. Er hat Bücher gesammelt, viele wertvolle Bücher. Und er war auch ein kluger Investor, in jüngeren Jahren jedenfalls. Zuletzt haben ihn seine Fähigkeiten ein wenig im Stich gelassen. Er wurde unvorsichtig.«

Der junge Mann schaute auf den Computer.

»Da ist einer, aber den hatten wir ausgeschlossen«, sagte er, als ob er ihre letzten Bemerkungen nicht gehört hätte. »Georgette Heyer. *A Christmas Party*. Erstmals erschienen 1941.« Er sah noch einmal genauer hin. »Oh. Also, es hatte ursprünglich einen anderen Titel. Mal sehen … Es hieß *Envious Casca*. Das ist allerdings ein origineller Titel.«

»Könnte es das sein?«

»Zwölf Buchstaben …«

»Für die zwölf Weihnachtstage vielleicht?« Sie lächelte.

»Nun, es passt. *Envious Casca*. Interessent, damit bekommen wir ein ›C‹, aber es ergibt immer noch keinen Sinn. Ich tippe auf ein Anagramm.«

»Er hatte fast sein ganzes Leben lang sein Büro in der Stadt.«

»Bitte?«

»Mein Mann. Er hat bis weit in seine Achtziger seine Geschäfte von dort geführt, und in den letzten Monaten hatte er eine Art Partner mit ins Boot geholt. Jemanden, der ihm mit seinen Finanzen helfen sollte, einen jungen Mann, der seine Liebe zu Büchern teilte.«

»Ach? Na ja, wer liebt Bücher nicht?«, sagte er mit einem leichten Zittern in der Stimme.

»Ja, wissen Sie, ich habe diesen Mann nie kennengelernt. Mein Mann hatte ihm einige seltene Bücher geschenkt, was mich ein wenig ärgerte, aber dieser Mensch hat ihm wirklich geholfen, deshalb habe ich nicht weiter darüber nachgedacht. Aber ich wusste, welche Titel es waren, und manche davon waren wirklich sehr selten.«

»Verstehe.«

»Und dann, eines Tages, ist dieser Typ einfach verschwunden.«

»Wirklich? Ist etwas passiert?«

»Mit ihm? Nein. Aber die Investitionen meines Mannes waren weg. Das Guthaben in bar abgehoben, die Investitionen liquidiert, das Geld auf Offshore-Konten überwiesen, wenn ich die Polizei richtig verstanden habe. Ich kann es nicht so genau erklären, ich weiß nur, dass mein Mann praktisch mittellos gestorben ist. Am Ende blieb mir nur noch unser Haus – Gott sei Dank – und seine Büchersammlung, bis auf diejenigen, die er weggegeben hatte. Die Polizei konnte den Mann nicht ausfindig machen, aber vor ein paar Wochen habe ich dann gesehen, wie einer dieser seltenen Titel im Internet zum Verkauf angeboten wurde. Es war mit einer Widmung versehen, daher wusste ich, dass es genau dieses Exemplar ist. Ich machte ein Angebot für dieses Buch im Tausch gegen drei andere Bücher und eine gewisse Summe in bar, und ich wusste ganz genau, dass die Titel, die ich angeboten hatte, viel wertvoller sind. So habe ich ihn also gefunden. Ich habe die Bücher an seine Adresse geschickt, und dann bin ich hingefahren und habe ihn ausspioniert. Ich habe seinen Namen herausgefunden und seinen Arbeitsplatz, und er passte genau zu der Beschreibung des Mannes, mit dem mein Mann zusammengearbeitet hatte.«

»Ja.« In seinen Augen blitzte Wut auf, aber es schien auch, als ob er ein wenig Mühe hätte, sich zu konzentrieren.

»Möchten Sie wissen, was mit meinem Mann passiert ist?«

Er gab keine Antwort.

»Er ist gestorben. Er hatte im Grunde aufgegeben. Das war zu viel für ihn. Ich habe ihn an diesen Betrüger verloren.«

Wieder kein Kommentar von dem jungen Mann.

»Ich dachte mir, dass ich zwei oder drei Möglichkeiten habe. Eine wäre natürlich, zur Polizei zu gehen und zu versuchen, etwas von dem Geld wiederzubekommen. Aber um ehrlich zu sein, ich brauche das Geld nicht. Ich verkaufe Bücher aus der Bibliothek, und dann wohne ich mietfrei in einem schönen Haus. Ich brauche nur meinen Mann, aber den gibt mir niemand zurück. Eine andere Möglichkeit wäre, den netten Leuten, die diese Buchhandlung führen, zu sagen, dass sie einen Kriminellen als Aushilfe eingestellt haben, und ihn feuern zu lassen – das heißt, *Sie* feuern zu lassen … Ein kleiner Trost, aber nicht genug.«

»Verstehe.« Er saß immer noch, aber sie stand auf. Sie war im Begriff zu gehen.

»Ich fand, dass Sie bezahlen müssen für das, was Sie getan haben. Teuer bezahlen.«

»Ihr Mann war sehr alt, und wie Sie sagen, haben Sie das Geld nicht nötig«, sagte er, offenbar ohne jede Spur von Reue.

»Ich nehme das hier mit«, sagte sie und hielt das Simon-Brett-Buch hoch. »Und Sie haben den Titel falsch geschrieben, als Sie das Rätsel zu lösen versuchten, das ich für Sie gemacht habe. Aber das hatte ich mir schon gedacht.«

»Dann war es *Ihr* Rätsel? Hätte ich mir denken können. Mich dazu bringen, ein Rätsel zu lösen – war das Ihre Vorstellung von Rache?«

»Nicht ganz. Der Titel des Buchs lautet *The Christmas Crimes at Puzzel Manor. Puzzel*, nicht *Puzzle*. Deswegen haben Sie einen falschen Buchstaben in das gesuchte Lösungswort eingesetzt.«

»Oh?« Er sah auf das Blatt.

»Es ist ›E‹, nicht ›L‹.«

»Okay. Sehr clever. Dann lautet es …« Er zögerte einen Moment. »Es lautet COFFEE. Ist es das – *coffee*? Ist das das Lösungswort?«

»Ja. Das Gift ist nämlich in Ihrem Kaffee, junger Mann.«

Keine Panik

Keine Panik«, sagte der Fremde.

Das war natürlich trotzdem ihre unmittelbare Reaktion.

Es war Heiligabend in dem kleinen Städtchen Siglufjörður, der nördlichsten Stadt Islands. Seit Tagen schneite es, und Straßen und Häuser waren unter einer dicken Schneedecke begraben, was für eine weihnachtliche Atmosphäre sorgte, aber für eine alleinerziehende Mutter mit einem kleinen Sohn eher lästig war. Ihr Auto hatte keinen Allradantrieb, also versuchte sie erst gar nicht, damit zu fahren, und jetzt war es eingeschneit. Sie musste jeden Morgen durch den Schnee stapfen, um ihren Sohn in den mehrere Blocks entfernten Kindergarten zu bringen, und anschließend weiter zu dem Lebensmittelladen, in dem sie arbeitete.

Sie wohnte erst ein paar Monate in Siglufjörður und musste sich erst noch an das harte Winterwetter gewöhnen. Sigðlufjörður war nicht ihre erste Wahl gewesen, aber sie hatte Verwandtschaft hier, und die

Grundstückspreise und Mieten waren hier deutlich niedriger als in der Hauptstadt Reykjavík, die gerade einen regelrechten Immobilienboom erlebte. Wirklich glücklich war sie hier nicht, aber einstweilen war es okay, solange sie sich noch mit diesem hässlichen Scheidungsverfahren herumschlagen musste.

Ihr Exmann, der Vater des kleinen Jungen, hatte Geld, das wusste sie, aber sie hatte noch nicht viel davon gesehen. Und sie rechnete gar nicht erst damit, dass sie je etwas bekommen würde. Deswegen war es ihr vor allem wichtig, auf eigenen Füßen zu stehen und für ihr Kind sorgen zu können, ohne auf fremde Hilfe angewiesen zu sein, und im Moment schien ihr Plan aufzugehen. Die Kellerwohnung war klein, aber akzeptabel, die Miete war sehr günstig, sie hatte Ersparnisse und verdiente mit ihrem Job im Laden genug, um über die Runden zu kommen – alles in allem ging es ihr also gar nicht so schlecht. Sie musste sich nur immer wieder sagen, dass das hier nur vorübergehend war, dass sie so lange weiter Geld zurücklegen würde, bis sie es sich leisten konnte, wieder in die Hauptstadt umzuziehen.

»Keine Panik«, wiederholte er, und sie sah die Angst in seinen Augen. »Du musst mich reinlassen – sie suchen nach mir.« Er stand im Eingang.

Bevor sie etwas erwidern konnte, hatte der Fremde einen Fuß in der Tür, und ohne nachzudenken trat sie sogar einen Schritt zur Seite. Sie konnte den Blick nicht von der Schrotflinte wenden, die er so fest umklammert hielt.

»Und mach dir bitte keine Sorgen – die Flinte ist nur zu meinem eigenen Schutz, ich würde sie nie gegen dich verwenden. Es tut mir so leid, aber ich glaube wirklich, dass sie mich umbringen wollen.«

Es war ein junger Mann, vielleicht Mitte zwanzig, ein paar Jahre jünger als sie, und er sah wirklich nicht wie ein Verbrecher aus.

Endlich brachte sie einen zusammenhängenden Satz heraus. »Was willst du?«

»Ich muss mich nur irgendwo verstecken.«

Irgendwie war er ihr sympathisch, und sie war fast geneigt, ihm zu helfen, aber das kam natürlich nicht infrage. »Du musst gehen. Bitte, du kannst hier nicht bleiben.«

Er war schon in dem kleinen Wohnzimmer, wo der künstliche Weihnachtsbaum in der Ecke stand. Auf dem Boden lagen ein paar Spielsachen herum, frisch ausgepackt. Sie hatte ein Buch gelesen – das einzige Buch, das sie zu Weihnachten bekommen hatte. Ein Geschenk von ihrer Tante, die in Siglufjörður wohnte.

In ihrem Elternhaus war es wie in den meisten isländischen Familien Tradition gewesen, am Heiligabend ein Buch zu lesen und dazu idealerweise isländisches Konfekt zu naschen. Sie hatte sich vorsorglich eine Schachtel Pralinen besorgt, die jetzt offen neben dem Buch stand.

Der Fremde mit der Schrotflinte hatte die Stille dieser Heiligen Nacht zerstört.

Warum um alles in der Welt hatte sie ihm die Tür aufgemacht?

Vielleicht hatte sie geglaubt, dass niemand, der am Heiligabend an die Tür klopfte, böse Absichten haben könnte.

»Würdest du bitte das Licht ausmachen? Wo ist der Schalter?«, fragte er. Sein Ton war entschlossen, doch da war immer noch ein leichtes Zittern in seiner Stimme, ein Zeichen, dass er Angst hatte.

»Wir können nicht am Heiligabend das Licht ausschalten, das wäre doch erst recht verdächtig«, sagte sie, während sie noch in der Mitte des Wohnzimmers stand, und wunderte sich über ihre eigene Antwort.

Insgeheim dachte sie nur an ihren kleinen Sohn, der in seinem Zimmer fest schlief. Erst fünf Jahre alt. Doch aus irgendeinem Grund glaubte sie dem jungen Mann mit der Flinte tatsächlich, dass er ihr nichts antun würde, dass er selbst vor irgendjemandem auf der Flucht war. Was ihr wirklich Angst machte, waren diejenigen, vor denen er davonlief.

»Bitte, es muss sein!« Er schrie fast. »Sie sind mir vielleicht in diese Straße gefolgt. Ich bin mir nicht sicher, aber ich darf kein Risiko eingehen.« Dann fügte er hinzu: »Und ich will dich nicht in Gefahr bringen. Es tut mir sehr leid.«

Sie zeigte ihm den Lichtschalter, der halb hinter dem Weihnachtsbaum verborgen war. Sie hätte wirklich gerne einen richtigen Baum gehabt, aber sie hatte einfach so viel um die Ohren, da schien es die vernünftigste und praktischste Lösung zu sein, dieses eine Mal noch den künstlichen zu benutzen.

Er hechtete regelrecht durchs Wohnzimmer, um das Licht auszuschalten. Und plötzlich standen sie da im Dunkeln. Im ersten Moment konnte sie gar nichts sehen, hörte nur seinen schnellen Atem und wusste, dass er dicht neben ihr stand. Sie hatte keine Ahnung, was als Nächstes passieren würde. Wenn ihr kleiner Sohn nicht in der Wohnung gewesen wäre, hätte sie die Gelegenheit zur Flucht genutzt, wäre so schnell sie konnte zur Tür gerannt, hinaus auf die Straße, in die Stille der Christnacht.

Doch sie tat nichts dergleichen, stand nur still da und wartete. Nach einer Weile gewöhnten sich ihre Augen an die Dunkelheit, und sie sah, dass er sich bewegte. Er ging an ihr vorbei und trat ans Fenster.

»Runter!«, rief er laut.

In Panik ließ sie sich auf den Boden fallen. »Was … Was ist denn?«

»Sie sind da draußen, ich kann sie sehen.«

»Vor der Wohnung?«

»Nein, aber in dieser Straße. Ich bin mir nicht sicher, ob sie wissen, in welches Haus ich gegangen bin.«

»Was wollen sie denn?«

»Sie sind hinter mir her. Sie wollen mich töten.«

»Dich töten?«, flüsterte sie.

»Ich habe ihnen etwas gestohlen.« Nach kurzem Überlegen fügte er hinzu: »Du bist doch allein im Haus, oder?«

Sie hatte nicht vorgehabt, ihm von dem Jungen zu erzählen, aber etwas am Tonfall seiner Frage ließ sie glauben, dass er ihnen tatsächlich nichts antun wollte, sondern die ehrliche Absicht hatte, sie zu schützen.

Sie zögerte einen Moment, dann sagte sie: »Nein.«

»Nein? Was soll das heißen?«, fragte er barsch.

»Mein kleiner Junge schläft nebenan.«

»Um Himmels willen, schaff ihn hier raus! Gibt es eine Hintertür?«

»Ja. Sie geht auf die Parallelstraße, da werden sie ihn nicht sehen.« Dann setzte sie hinzu: »Wir gehen beide da raus.«

»Nein«, sagte er, und plötzlich war seine Stimme fest. »Nur der Junge. Ich brauche dich hier.«

»Was soll das heißen?« Jetzt bekam sie es wirklich mit der Angst zu tun.

»Ich brauche dich als Sicherheit. Vielleicht tun sie mir nichts, wenn sie sehen, dass du zwischen uns stehst. Aber ich will nicht das Leben eines Kindes aufs Spiel setzen.« Dann fügte er hinzu: »Ich bin doch kein Unmensch.«

Sie spürte, wie ihr Herz pochte. Jetzt wurde ihr zum ersten Mal richtig bewusst, dass ihr Leben in Gefahr sein könnte.

»Kann er irgendwo hin?«, fragte der Mann eindringlich. »Bring ihn so schnell wie möglich hier weg.«

»Ich muss ihn zuerst anziehen und seine Jacke holen. Weißt du, wie kalt es da draußen ist?«

»Dann tu das. Aber beeil dich, wenn du nicht willst, dass er hier ist, wenn sie kommen!«, rief er. »Wohin willst du ihn schicken? Du darfst ihm nicht sagen, dass er zur Polizei gehen soll oder so was.«

»Meine Tante wohnt ein paar Häuser weiter, er kennt den Weg. Ich sage ihm, dass … dass er … dorthin gehen und sie fragen soll, ob er eine Weile bei ihr bleiben kann, weil ich noch mal wegmusste. Okay?«

»Okay.«

Sie lag noch immer am Boden.

Der Mann sah weiter aus dem Fenster. »Sie sind hier! Sie schauen auf das Nachbarhaus. Ich weiß nicht, wie viel Zeit uns bleibt. Steh auf und schaff den Jungen hier raus.«

»Ich … Ich … muss seinen Mantel holen.«

»Keine Zeit. Schick ihn einfach los.«

Sie stand auf und lief in das Zimmer des Jungen. Er schlief so friedlich, aber sie weckte ihn auf. »Mein Schatz, du muss rasch zu Tante Halla gehen, nur für ein Weilchen. Mami muss noch mal weg. Kannst du hinlaufen und sie fragen, ob du kurz bei ihr bleiben darfst, nur für eine Stunde oder so?«

»Mami, wieso? Ich bin müde.«

»Tu einfach, was ich dir sage«, sagte sie, vielleicht ein wenig zu streng. Sie war es nicht gewohnt, ihren Jungen anzuschreien. »Na los, beeil dich. Du kennst den Weg?«

»Natürlich, Mami.« Er stand auf, und sie schob ihm seine Hausschuhe hin. »Zieh die an.« Sie zog ihm noch einen dicken Winterpullover über den Schlafanzug. Dann führte sie ihn zur Hintertür, öffnete sie und schickte ihn hinaus in die dunkle Nacht. Sie sah zu, wie er durch den Garten lief und hinaus auf die Straße, wo er aus ihrem Blickfeld verschwand.

Sie überlegte davonzulaufen, doch als sie sich kurz umschaute, sah sie, dass der Mann sie beobachtete. »So ist es recht«, sagte er. »Mach die Tür zu und komm mit mir. Wir müssen das gemeinsam durchstehen. Es tut mir wirklich leid, glaub mir, aber ich will diesen Tag überleben, diese Nacht.«

Und da fing sie an zu weinen. »Warum … warum hast du dir ausgerechnet meine Wohnung ausgesucht? Was habe ich getan, um das zu verdienen?«

»Nichts. Es war reiner Zufall, so ist es eben manchmal. Es tut mir leid, aber du musst mit mir kommen.«

Er hatte einen Stuhl in die Mitte des Wohnzimmers gerückt.

»Setz dich. Ich bin hier auf der Couch, direkt hinter dir. Und jetzt warten wir.«

Und sie warteten.

Sie saß auf dem Stuhl. Sie wagte nicht, sich zu rühren, wagte nicht einmal, sich umzuschauen, doch sie konnte seine Nähe spüren und hören. Und sie fragte sich, ob dies vielleicht ihre letzte Nacht auf Erden war.

Nichts passierte, stundenlang, wie es ihr schien. Sie hatte jedes Zeitgefühl verloren. Es war keine Uhr weit und breit, und eine Armbanduhr trug sie auch nicht.

Irgendwann wäre sie fast eingeschlafen, doch sie zwang sich unter Aufbietung all ihrer Willenskraft, noch etwas länger wach zu bleiben.

Und dann schlief sie doch ein.

Der Morgen war schon angebrochen, als sie endlich erwachte. Im ersten Moment wusste sie gar nicht, was passiert war, warum sie auf einem Stuhl geschlafen hatte, doch dann fiel ihr alles wieder ein. Sie stand auf und blickte sich um.

Und da war er.

»Wir müssen noch ein bisschen länger warten«, sagte er. Er hielt immer noch die Schrotflinte, aber er war nicht mehr so nervös wie zuvor. Es war, als ob sich das Blatt gewendet hätte – plötzlich wirkte er, als hätte er die Situation vollkommen im Griff. Der Jäger, nicht der Gejagte.

»Sind … Sind sie gekommen?«, fragte sie.

Und dann dachte sie an ihren Sohn. War er immer noch bei ihrer Tante? War er die ganze Nacht dort geblieben? Warum hatte niemand angerufen? Nach ihr gesehen?

»Niemand ist gekommen«, antwortete er ruhig. »Es bestand nie irgendeine Gefahr.«

Sie sah ihn an. »Was soll das heißen – nie irgendeine Gefahr?«

»Bitte, setz dich. Es ist fast vorbei. Ich habe dein Handy an mich genommen. Du musst noch ein bisschen länger bei mir bleiben. Dann gehe ich, und du kannst wieder tun und lassen, was du willst.«

»Aber warum … warum … bist du gekommen?«

»Dein Exmann hat mich darum gebeten. Er hat jetzt den Jungen. Alles ist gut. Sie haben das Land verlassen. Du wirst sie beide nicht wiedersehen. Dem Jungen geht es bestens, mach dir keine Sorgen.«

Und jetzt schrie sie.

Urlaubspost aus Island

Hallo Mama,

entschuldige bitte, dass ich Dir erst jetzt schreibe.

Ich genieße meinen Aufenthalt in Island sehr, aber es ist wirklich sehr kalt, wie Du mir gesagt hast. Niemand fährt im Januar nach Island, hast Du gesagt. Aber Du kennst mich ja, ich bin eben abenteuerlustig. Der Schnee ist so faszinierend, die Dunkelheit ist so überwältigend, und ich habe mich in das Meer verliebt.

Niemand fährt allein nach Island, hast Du auch gesagt.

Aber ich musste es tun, nach der Trennung. Um herauszufinden, was ich eigentlich will vom Leben, und wie es jetzt weitergehen soll.

Und es war ein Abenteuer! Ich bin viel Ski gefahren und gewandert, und ich habe die Natur hautnah erlebt. Es war kalt – höllisch kalt –, und es war windig, aber es ist auch wunderschön hier, Mama.

Ich wünschte, Du könntest sie sehen, diese endlose Wildnis aus Eis und Schnee. Auf die Gletscher habe ich mich nicht gewagt – die Einheimischen sagen, es ist zu gefährlich.

Ich will auf mich aufpassen. Du hast mir gesagt, dass ich auf mich aufpassen soll, und glaub mir, Mama, daran halte ich mich.

Ich habe alle Deine Ratschläge genau befolgt, beinahe jedenfalls.

Und ich habe neue Freunde gefunden, aber um ehrlich zu sein, sie haben mir davon abgeraten, auf diesen Berg hier im Norden zu steigen. Ich habe es trotzdem gemacht.

Du weißt, dass ich immer neue Herausforderungen brauche, und es war einfach wunderbar. Einfach einmalig, diese Schönheit, Mama. Die Stille, die Einsamkeit. Ich war noch nie so allein, aber ich war auch noch nie glücklicher. Es ist unglaublich. Ich bin viel zum Nachdenken gekommen, bin viel in mich gegangen.

Aber jetzt muss ich zugeben, dass ich mich ein bisschen fürchte. Du hast mir immer gesagt, dass es keinen Grund gibt, Angst zu haben, und ich bin sicher, dass ich mir nur etwas einbilde. Es ist nur – na ja, allein in dieser kleinen Hütte, im Dunkeln (ich schreibe das hier bei Kerzenlicht), da kann schon mal die Fantasie mit einem durchgehen. (Wobei »Hütte«

schon fast zu nobel klingt für so einen baufälligen Verschlag.) Es ist richtig, richtig kalt, und ich bin nur froh, dass ich dem Wetter entsprechend gekleidet bin – zumindest darauf habe ich geachtet.

Aber ich könnte schwören, dass ich da draußen merkwürdige Geräusche höre, Mama.

Ich bin ziemlich weit oben im Norden, schon ganz nah am Meer. Nah am Polarkreis.

Dieser eine Typ, den ich auf dem Weg hierher getroffen habe, in dem Dorf unten, der hat mich gewarnt. Er sagte, es könnte immer mal sein, dass man einem begegnet. Es passiert nicht oft, hat er gesagt, vielleicht alle fünf Jahre oder so. Ich dachte zuerst, er macht Witze, aber er wirkte ganz ernst. Aber ich war mir sicher, dass ich es riskieren kann. Ich meine, alle fünf Jahre, überleg mal. Also bin ich trotzdem losgezogen. Ich wollte diese Wanderung unbedingt machen.

Aber die Geräusche sind da, und nicht allzu weit weg. Vielleicht bilde ich es mir nur ein. Der Wind kann doch vielleicht manchmal wie ein Grollen klingen.

Aber eine Sache, die dieser Typ erwähnt hat, hat mich schon ein bisschen nervös gemacht. Er sagte, wenn sie ins Landesinnere vordringen, sind sie immer hungrig. Sehr hungrig.

Mama, jetzt höre ich es wieder. Ich bin mir ziemlich sicher, dass da draußen etwas ist.

Und es kommt näher.

Ich wünschte, die Hütte wäre ein bisschen solider, aber ich denke, ich bin hier trotzdem einigermaßen sicher.

Ich werde mich einfach stillhalten.

Ich liebe Dich, Mama, das weißt Du.

Ich bin sicher, dass mir hier nichts passieren kann.

Es gibt keinen Grund, sich zu für

Eine Weihnachtsgeschichte

Habe ich dir schon die Geschichte von dem Schnellzug nach Nantes erzählt?«

Ich nahm einen kleinen Schluck von meiner heißen Schokolade. Ein seltener Genuss, den ich mir zur Feier des Tages gönnte, denn es war schließlich Weihnachten. Der köstliche Duft erfüllte für eine kurze Weile den kleinen Raum.

Das war für mich der Höhepunkt eines jeden Tages: die morgendliche Erzählstunde.

»Es war ein paar Wochen vor Weihnachten, im Winter 1952. Es hatte viel geschneit – genau wie hier übrigens. Letzte Nacht hat es so stark geschneit – so ein herrlicher Heiligabend, das kannst du dir nicht vorstellen. Ja, entschuldige – also, es lag Schnee auf den Gleisen, und der Zug kam nur sehr langsam voran, nachdem er in Paris abgefahren war.«

Ich hatte nie irgendeine meiner Geschichten aufgeschrieben. Es ging mir nicht darum, sie veröffentlicht zu sehen, aber es gefiel mir, sie zu erzählen. Nein, das ist nicht ganz richtig. Es *gefiel* mir nicht nur, ich *liebte* es. Ich konnte mir nicht vorstellen, dieses Hobby aufzugeben.

»An diesem Tag war der Zug also eigentlich kein Schnellzug, nicht wahr?« Ich lächelte.

Sie hörte geduldig zu. Die Geschichte gefiel ihr. Das hoffte ich jedenfalls – genau kann man es nie wissen.

Wie die Geschichte erzählt wird, ist ebenso wichtig wie die Geschichte selbst. Das habe ich von meinem Vater gelernt. Er war ein wahrer Geschichtenerzähler, und ich eifere ihm nach. Ein Talent, das der Vater dem Sohn vererbt hat.

»Es war äußerst merkwürdig, was an jenem Tag in dem Zug geschah. Schließ doch bitte die Augen, und versuch, dir das Geräusch des fahrenden Zuges vorzustellen, den Geruch der teuren Lederkoffer an Bord, die Unterhaltungen der Passagiere und den majestätischen Anblick des Schneetreibens draußen vor den Fenstern. Es war ein bitterkalter Tag, und die Kälte war irgendwie in die Waggons eingedrungen.« Mich fröstelte plötzlich. Das passiert manchmal, wenn ich fast zu der Geschichte werde, die ich erzähle.

»Was ich zu erwähnen vergaß: Stellen wir uns vor, wir sitzen in der ersten Klasse, die Geschwindigkeit des Zuges lässt langsam nach, als die Witterung immer schlechter wird, und die Bühne ist bereitet für eine unglaubliche Überraschung. Ich kann beinahe hören, wie der Schaffner die Fahrkarten verlangt, auf Französisch natürlich. Es ist alles voller Pakete – die Menschen haben Weihnachtsgeschenke gekauft und nehmen sie mit nach Hause ...«

Ich atmete tief durch. Diese Geschichte war eine meiner besseren, dachte ich, und sie hatte sie noch nie gehört. Vor einigen Jahren am Weihnachtstag hatte ich sie schon einmal einem meiner früheren Gäste erzählt.

»Warst du schon mal in Frankreich?«, fragte ich.

Sie nickte ganz langsam.

»Wann?«

»Letztes Jahr«, flüsterte sie. Wir waren allein, es gab also eigentlich keinen Grund zu flüstern, aber ich kommentierte das nicht.

»Wunderbar. Wie war es?«

Sie zuckte mit den Schultern.

»Dann war es also gar nicht so toll?«

»Ich würde gerne wieder hinfahren«, sagte sie, wieder im Flüsterton.

»Das kann ich verstehen«, entgegnete ich. Ich versuchte, mich in ihre Lage zu versetzen – eine junge Frau in der Blüte ihrer Jahre. Natürlich wollte sie die Welt sehen.

»Ich bin nie dort gewesen«, sagte ich. »Und glaube auch nicht, dass ich jemals hinfahren werde, aber ich wäre zu gerne in diesem Zug gewesen, dem Schnellzug nach Nantes im Jahr 1952. Und es tut mir leid …«

Ihre Miene veränderte sich, als ob sie jetzt aufmerksamer zuhörte als zuvor.

»Es tut mir leid, dass ich die Erzählung unterbrochen habe. Das gehört sich eigentlich nicht. Ein Geschichtenerzähler sollte nie unterbrechen, bis die Geschichte zu Ende erzählt ist. Das ruiniert die Atmosphäre, wenn du mich fragst. Findest du nicht auch?«

Sie wirkte enttäuscht, als ob sie erwartet hätte, dass ich etwas anderes sage.

»Willst du wissen, was passiert ist, als der Zug zum Stillstand kam? Als der Schnee schließlich gesiegt hatte und die Passagiere plötzlich feststellen mussten, dass sie auf freier Strecke feststeckten, irgendwo zwischen Paris und Nantes …«

Sie blieb stumm.

»Vergiss nicht, die Augen zu schließen und dir vorzustellen, dass du in dem Zug sitzt. Das ist das Allerwichtigste. Ich weiß, es gibt Schöneres als dieses Zimmer hier, aber mit unserer Fantasie können wir alles überwinden, wir können all der Hässlichkeit entfliehen und nur noch die Schönheit sehen. Die Schneeflocken, den luxuriösen Eisenbahnwaggon, die elegant gekleideten Passagiere …«

Sie ließ die Augen offen.

Bis dahin war es so ein wunderbarer Morgen gewesen, aber ich wurde allmählich ärgerlich. Alles, was ich von ihr verlangte, war ihre volle Aufmerksamkeit, nur für ein paar kostbare Minuten.

»Möchtest du wissen, was passiert ist?« Ich hob ein wenig die Stimme. »Es war wirklich erstaunlich, wirklich überraschend, du kannst dir nicht vorstellen … Du kannst dir unmöglich vorstellen…«

»Ich will gehen«, flüsterte sie.

Ich stand auf und verschüttete dabei meine heiße Schokolade.

Der ganze Morgen war ruiniert.

»Du bist doch erst so kurz hier. Warum willst du schon wieder gehen?«

»Ich will gehen, bitte!« Sie weinte jetzt.

»Das kannst du nicht! Es tut mir leid, aber du kannst nicht gehen.«

»Bitte …«

»Willst du nicht wissen, was in dem Zug passiert ist?«

»Kann ich gehen? Bitte? Ich erzähle auch keinem Menschen von Ihnen.«

»Na, dann erzähl ich's dir eben nicht! Ich werde dir niemals diese Geschichte erzählen, und es war meine beste. Morgen früh wirst du eine andere hören.«

»Bitte … Warum darf ich nicht gehen, bitte?«

Ich ging zur Tür und öffnete sie, und als ich auf der Kellertreppe stand, auf dem Weg nach oben – die Hand schon an der Tür, um sie hinter mir zu schließen –, drehte ich mich noch einmal um, sah sie an und sagte im warmherzigsten Ton, zu dem ich fähig bin: »Weil ich jemanden brauche, der meine Geschichten anhört.«

Dinner for Two

Kann ich deinen Teller abräumen?«, frage ich, vielleicht etwas zu leise.

Ich dachte, ich hätte den Lachs nahezu perfekt zubereitet, aber er scheint keinen Appetit mitgebracht zu haben – ganz schön unhöflich, finde ich. Es ist schließlich eine Essenseinladung. Aber um ganz ehrlich zu sein, ich denke, wir wissen beide, dass es um mehr geht. Er hat natürlich eine Rechnung zu begleichen. Der Elefant im Raum, den keiner von uns beiden angesprochen hat – noch nicht. Überhaupt haben wir beide das verminte Gelände der Vergangenheit bewusst gemieden.

»Wie lange ist es her?«, frage ich schließlich, bevor ich den Teller nehme, um ihn in die Küche zu tragen. Irgendwann wird einer von uns diesen Teil der Unterhaltung eröffnen müssen, also warum nicht ich?

Wie lange ist es her? Eine alberne Frage, da ich doch die Antwort nur zu gut kenne. Sechzig Jahre. Wir waren Freunde, die besten Freunde, seit wir fünf Jahre alt waren. Als wir elf waren, trennten sich unsere Wege, und nun sind sechzig Jahre vergangen.

Ich hätte ihn wahrscheinlich schon längst einmal zum Essen einladen sollen, aber es gibt Dinge, die man immer wieder vor sich her schiebt, weil man weiß, dass es schwierig werden wird.

Ob er sich an das Haus erinnert?, frage ich mich. Das alte Haus meiner Großmutter, ein kleines, aber gemütliches Häuschen, das prekär an einem steilen Berghang an der Südostküste klebte, beschirmt – oder vielleicht bedroht – von furchteinflößenden Felsen, mit dem herrlichsten Meerblick, den man sich überhaupt vorstellen kann. Die See war manchmal still und ruhig, so wie meine Großmutter, aber manchmal auch ziemlich tückisch – vielleicht ein bisschen wie ich.

Meine Großmutter brachte mir bei, Pfannkuchen zu backen. Der Teig wurde immer frisch zubereitet und in ihrer alten Pfanne auf kleiner Flamme behutsam erwärmt, gerade genug, um den Pfannkuchen Geschmack zu geben, aber natürlich nicht zu lange. Niemand mag verbrannten Pfannkuchen. Und dann ein wenig Zucker darüber gestreut, bevor jeder Pfannkuchen vorsichtig zusammengerollt wird.

Meine Großmutter versuchte, mir vieles beizubringen, nachdem sie mich bei sich aufgenommen hatte, aber das ist tatsächlich eines der wenigen Dinge, die hängengeblieben sind. Wahrscheinlich, weil ich schon immer eine Schwäche für gute Pfannkuchen hatte.

Sie hat ihr Bestes gegeben, davon bin ich überzeugt. Es war nicht leicht für sie. Meinen Vater habe ich nie kennengelernt. Meine Mutter – nun ja, sie trank zu viel, wie man sagte. Oder vielmehr, wie man nicht sagte. Damals redete man eigentlich nicht über solche Dinge, aber sie hat sich tatsächlich totgesoffen. Da gibt es nichts zu beschönigen. Ich war noch ein Baby, als sie starb, also brachte man mich zu meiner Großmutter, wo ich in diesem kleinen Haus am Ende der Welt aufwuchs.

Die nächsten Nachbarn meiner Großmutter wohnten gut drei Kilometer entfernt, und dort wuchs er auf. So wurden wir beste Freunde.

»Ich habe uns Pfannkuchen zum Nachtisch gemacht«, sage ich, als ich aus der Küche zurückkomme, mit einem Teller voll köstlich aussehender Exemplare. Ich stelle ihn auf den Tisch. »Erinnerst du dich an die, die meine Oma immer gemacht hat? Es ist das gleiche Rezept, aber natürlich nur ein schwacher Abklatsch.«

Ich trinke keinen Alkohol, habe noch nie welchen getrunken. Ich muss zugeben, das gehört auch zu den

Dingen, die ich von meiner Großmutter gelernt habe: nicht zu trinken. Auch wenn es keine besonderen Fähigkeiten erfordert, etwas nicht zu tun. »Du willst doch nicht so enden wie deine arme Mutter, mein Liebling«, sagte sie oft. Und nein, ich wollte nicht enden wie sie, ich wollte nicht als Leiche enden – also fing ich erst gar nicht an zu trinken.

Ich habe dennoch eine Flasche relativ teuren Weißwein für meinen Gast gekauft, da es doch ein besonderer Anlass ist. Unser erstes Treffen seit sechzig Jahren. Er hat nicht getrunken, als ich ihn das letzte Mal sah, aber da war er freilich erst elf. Ich habe keine Ahnung, ob er seither damit angefangen hat, aber um auf Nummer sicher zu gehen, bin ich in die nächste Stadt gefahren, um eine Flasche zu besorgen. An die fünfzig Kilometer Fahrt für eine einzige Flasche – und dann rührt er sie nicht einmal an! Was für eine Zeit- und Geldverschwendung.

Für den Lachs musste ich nicht in die Stadt fahren, den habe ich von einem Bekannten aus der Nachbarschaft bekommen, frisch gefangen. Und er hat ausgezeichnet geschmeckt, das muss ich sagen. Ich sollte wirklich öfter kochen.

Wenn man allein lebt, kann man schon ziemlich faul werden. Normalerweise kaufe ich bei meinen regelmäßigen Fahrten in die Stadt Mikrowellengerichte auf Vorrat – vorgekochtes Hähnchen in einer undefinierbaren Sauce, Tiefkühlpizza und dergleichen. Diesmal jedoch habe ich mir große Mühe mit der Zubereitung des Essens gegeben. Aber er versucht nicht einmal, so zu tun, als ob er es zu schätzen wüsste.

Vielleicht hätte ich ihn besser in ein Restaurant eingeladen. Wir haben ein ganz nettes Lokal nicht weit von hier. Das ist etwas, was meine Großmutter sich nie hätte vorstellen können. Dank der Touristen, die fast das ganze Jahr über herkommen, um den nahen Gletscher zu besichtigen, ist das hier inzwischen nicht mehr am Ende der Welt.

So, wie er sich benimmt, ist es fast, als wüsste er, dass ich ihn eingeladen habe, um ihn um einen Gefallen zu bitten. Einen sehr großen Gefallen, genauer gesagt …

Ich überlege, ob es vielleicht hilfreich wäre, ein wenig in Erinnerungen an die »gute alte Zeit« zu schwelgen. Von unseren Sommern am Meer zu reden, oder oben in den Bergen, wo wir so gefährliche Steilwände erklommen, dass nur zwei oberschlaue Burschen wie wir auf die Idee kommen würden, sich dort hinaufzuwagen. Aber wir sind immer wieder wohlbehalten unten angekommen. Nicht dass es irgendwen wirklich interessiert hätte, zumindest nicht in meinem Fall.

An einem denkwürdigen Abend – es war zur Zeit der Mitternachtssonne – waren wir den Hang hinter dem kleinen Häuschen meiner Großmutter hinaufgestiegen, hatten die Schafe aufgeschreckt, den Vögeln gelauscht und die bizarren Felsformationen dort oben bestaunt. Gegen Mitternacht saßen wir auf einem großen Felsen und überblickten unser Reich, unser Land und unser Meer, und redeten über die Zukunft, wie es zehn- oder elfjährige Jungen eben tun.

Ich esse einen Pfannkuchen, obwohl er sich keinen nimmt. Vielleicht nicht die perfekte Etikette für einen Gastgeber, aber es ist schon etwas merkwürdig, dass er mein Dessert nicht mal probieren mag. Schließlich bringe ich Kaffee. Nichts Besonderes, keinen Espresso oder Latte, oder wie auch immer sie es heutzutage nennen – nur altmodischen, starken isländischen Kaffee. Einen Kaffee, wie ihn meine Großmutter gemocht hatte.

Er hat kein Wort über den … den Vorfall verloren. Ich übrigens auch nicht. Ich habe ihn auch noch nicht um den Gefallen gebeten. Und er wird bald aufbrechen, also läuft uns beiden die Zeit davon. Es gilt als unhöflich, noch länger zu bleiben, nachdem der

Kaffee serviert wurde, obwohl man sich natürlich immer noch mal nachschenken lassen kann. Das ist hier allerdings nicht zu erwarten, da Kaffee offenbar nicht sein Fall ist.

Als unsere Freundschaft zu Ende ging, war es wegen eines Mädchens. Natürlich, was sonst? Das schönste Mädchen, das ich je gesehen hatte. Ich war erst elf, aber ich wusste, dass ich verliebt war. Das heißt, so wie ein Elfjähriger eben etwas zu wissen glaubt … Aber zu der Zeit war mein Gefühl sehr stark, und ich dachte, es würde auf Gegenseitigkeit beruhen.

Wir kannten sie beide gut, und als ich die Wahrheit herausfand, war es ein Verrat epischen Ausmaßes. Sie hatten sich hinter meinem Rücken getroffen.

Der Lachs zum Abendessen war eine passende Wahl, denke ich. Wir haben natürlich sehr schmackhaften Lachs in diesem Teil des Landes, aber das ist nicht der Grund. Nein, wir beide haben unsere eigene Lachsfanggeschichte, und diese Tatsache hat vielleicht zu seinem Mangel an Manieren während des Essens beigetragen.

Vor sechzig Jahren, in einer hellen Sommernacht, schlichen wir uns davon, um in einem nahen Gletscherbach Lachse zu fangen – natürlich ohne dass uns irgendjemand die Erlaubnis gegeben hätte.

Das war, nachdem ich das mit den beiden herausgefunden hatte – was er aber nicht wusste. Ich bin mir nicht sicher, was genau mein Plan war – hier spielt mir mein Gedächtnis einen Streich. Man könnte vielleicht von selektiver Erinnerung sprechen …

Keiner von uns fing etwas in dieser Nacht, soweit ich mich erinnere. Was ich aber noch weiß, ist, dass er auf einem Felsen ausrutschte und in den Bach fiel.

Oder hatte ich ihn vielleicht ein bisschen geschubst?

Ich habe es vergessen.

Selektive Erinnerung, wieder mal.

Aber ich muss zugeben, dass ich mich nur allzu gut daran erinnere, wie ich seinen Kopf eine Weile unter das kalte Wasser gehalten habe. Lange genug.

Und dann lief ich nach Hause zu meiner Großmutter, um ihr zu erzählen, was passiert war. Mit Tränen in den Augen.

Er rührt seinen Kaffee nicht an, und nachdem ich ein paar Schlucke getrunken habe, trage ich die Tassen zurück in die Küche. Es ist noch hell draußen, wie in jener Nacht vor genau sechzig Jahren. Als ich ins Wohnzimmer zurückkomme, ist der Stuhl leer.

Einfach wortlos verschwunden.

Und ich bin nicht dazu gekommen, ihn um den Gefallen zu bitten: »Bitte, bitte verzeih mir.«

Für diejenigen, die er nie
in den Armen halten durfte

All diese Farben …

Die Schönheit der Landschaft, die sich vor ihm ausbreitete, nahm ihm etwas von seiner Angst; er merkte, wie die alte Pumpe allmählich langsamer und regelmäßiger schlug, bis sie wieder im Takt mit der Natur war. Er erinnerte sich nicht genau an das, was der Arzt bei ihrem letzten Gespräch gesagt hatte. Aber er spürte selbst, dass sein Herz nicht mehr so kräftig schlug wie früher, als das Leben sich noch vor ihm erstreckt hatte wie ein sanfter Abhang, leuchtend grün, so weit der Blick reichte. Heute konnte er es sich nicht leisten, auch nur einen einzigen Atemzug zu vergeuden. Sein Leben näherte sich der Endstation, und die Schläge seines Herzens waren gezählt.

»Leuchtend grün« wurde der Farbe der Berge nicht ganz gerecht, die sich rings um den See erhoben. Die Berge – vielleicht sollte er sie besser Hügel oder Felsformationen nennen – hatten die grüne Farbe von Moos, mit einem Stich ins Melancholische. Er spürte den Herbst in der Luft. Es war nur ein Gefühl, er konnte es nicht sicher sagen. Der Wind war frostig, eher bitterkalte Böen als eine erfrischende Sommerbrise.

Jedenfalls konnte er froh sein, dass der alte Jeep unterwegs nicht schlappgemacht hatte. Es war eine beachtliche Leistung, dass er bis hierher ins Niemandsland durchgehalten hatte.

Er war die Ringstraße entlanggefahren, stundenlang, wie ihm schien. Eine Strecke, die er früher einmal wie seine Westentasche gekannt hatte. Bis er dann die Abzweigung in die Berge genommen hatte, wo die Straßen in Schotterpisten ausliefen und die Zeit stillstand.

Er hatte das Ziel seiner Reise erreicht. Die Dämmerung war noch nicht hereingebrochen, und es blieb ihm noch ein wenig Tageslicht, um das Rätsel zu lösen.

Wie lächerlich, ja tragikomisch, in seinem Alter noch mit dem Lösen von Rätseln anfangen zu wollen.

Er stand auf dem steinigen Strand, ein Stück vom Seeufer entfernt, und schöpfte Atem, während er das Spiel der Farben bewunderte. Es waren nicht nur die grünen Berghänge in der Ferne, die das Auge entzückten, sondern der Boden selbst – die Schattierungen des Felsens von Weiß über Grau und Schwarz bis hin zu erdigem Rot, und die winzigen Blumen, die er jetzt zu seinen Füßen erblickte. Er konnte sich nicht daran erinnern, wie man sie nannte – vielleicht hatte er es auch nie gewusst.

Die sanften Herbsttöne ließen Erinnerungsfetzen aufsteigen. Vor Jahrzehnten war sein Freund verschwunden. Keine Spur von ihm war je gefunden worden, und das Rätsel hatte wahrscheinlich einen Schatten über das Leben all derer geworfen, die ihm nahegestanden hatten. Sie hatten sich als Teenager kennengelernt und zusammen auf den Fischerbooten gearbeitet. Ein Herbsttag auf See bei stürmischem Wetter, hoher Wellengang, das Kreischen von Vögeln, die aufgewühlte graue See, die nahtlos in den düsteren Himmel überging – das waren die Bilder, die in ihm aufstiegen, wenn er an seine längst verlorene Freundschaft dachte.

Auf See war er glücklich gewesen. Daran erinnerte er sich noch. Es war eine Arbeit, die ihm lag, und sie hatte ihm einen anständigen Lohn eingebracht. Er entstammte einer Fischerfamilie, die diesem Beruf schon seit Generationen nachging, und noch heute gab es Momente, in denen er das Gefühl hatte, dass das Meer ihn rief. Es geschah zumeist am frühen Morgen, wenn er im schwachen Schein der Dämmerung erwachte und einen verwirrten Moment lang glaubte, draußen auf dem Ozean zu sein. Es war ein gutes Gefühl.

Das Meer war einmal sein bester Freund und sein ärgster Feind gewesen. Ein harter, aber verlässlicher Meister. Das waren wahrscheinlich seine besten Jahre gewesen. Er war sich nicht mehr ganz sicher, aber so kam es ihm manchmal vor. Harte Arbeit, gute Kameradschaft, ein Lebenszweck.

Und jetzt war er hier. Die Suche nach seinem Freund hatte ihn weit hinauf ins Hochland gezogen, und er konnte an nichts anderes denken als an den fernen Ozean. Vielleicht war es die kühle Herbstluft, die vom See her wehte und Erinnerungen an die Meeresbrise wachrief.

Er hatte bemerkt, dass die Tankanzeige niedrig war. Wie gedankenlos von ihm, vor der Abreise nicht den Füllstand zu überprüfen. Weiß der Himmel, wie er wieder nach Hause kommen sollte, aber das war ein Problem, über das er später nachdenken würde. Alles zu seiner Zeit. Er war hierhergekommen, weil er einem Hinweis nachging. Bei dem Gedanken musste er grinsen – ein Hinweis, also wirklich! Als ob er in eine dieser Krimiserien versetzt worden wäre, die ihm auf seine alten Tage die Zeit totschlagen halfen,

Abend für Abend, bis sie alle zu einer einzigen verschmolzen. Die Zeit hatte die Angewohnheit, ihm einen Streich zu spielen. Sein Leben war einsam und monoton geworden. Wie man sich bettet, so liegt man, sagte er sich oft. Der Grundton seines Lebens war im Lauf der Jahre immer grauer geworden, was Tage wie diesen umso kostbarer machte. Etwas zu erleben, etwas zu empfinden, darin lag für ihn jetzt das Glück, nicht im Verstehen. Das Gefühl konnte so flüchtig sein.

Weinen stand ihm nicht. Er konnte sich nicht erinnern, ob irgendjemand es je so formuliert hatte, aber er wusste, dass es stimmte. Man erwartete von ihm nicht, dass er weinte. Und deswegen konnte er es sich nicht erlauben, sich mit den Dingen aufzuhalten, die das Leben ihm nicht gewährt hatte – wie die Menschen, die er nie hatte in den Armen halten oder an der Hand nehmen dürfen.

Der Wind schien ein wenig aufzufrischen. Er stand schon eine ganze Weile hier, ohne sich zu regen. Er durfte keine Zeit verlieren – er musste seinen Freund finden, der schon so lange verschwunden war.

Natürlich war er viel zu spät dran, Jahre – Jahrzehnte – zu spät, am Abend seines Lebens. Aber er glaubte nicht, dass das eine Rolle spielte. Er spürte, dass dies das einzige Geheimnis war, das es noch zu enthüllen galt, für ihn genauso wie für alle anderen. Wieder zogen die Bilder vor seinem inneren Auge vorüber – die Kriminalbeamten im Fernsehen, sein verstorbener Freund auf See –, und mit einem Mal hatte er das Gefühl, dass die Landschaft zum Leben erwacht war und sich ihm aufdrängte. Die Empfindung schwand so schnell, wie sie gekommen war. Das passierte jetzt immer öfter.

Eines Tages, es war im Herbst, war ihm klargeworden, dass das Fischerleben ihm nicht mehr zusagte. Es war Zeit, an Land zu gehen, und so hatten sie gemeinsam den Schritt gewagt.

Das Einzige, was du hast, ist dein Ruf, hatte seine Mutter ihm immer eingeschärft. Eine gute Lebensvorsorge. Er hatte so angenehme Erinnerungen an sie – ihre freundliche Art, ihre aufmunternden Worte. Er hatte versucht, nach denselben Regeln zu leben wie sie. Über seinen Vater ließ sich nicht so viel sagen: ein phlegmatischer Mann, der nicht viele Worte machte. Manchmal stand ihm seine Kindheit so klar vor Augen, aufgetaucht aus den Tiefen der Vergangenheit, während seine Jahre auf See sich im Nebel verloren.

Die Landstraße hatte den Platz der See eingenommen. Eines Tages hatte er sich am Steuer eines Lastwagens wiedergefunden anstatt auf einem Boot. Das Gleiche galt für seinen Freund – ein anderer Lastwagen, dieselben Straßen. Alle diese Fahrten, hin und her, eine einzige lange Straße, jahraus, jahrein, ohne Anfang, ohne Ende. Und sie hatten es gemeinsam in Angriff genommen, wieder einmal.

Er spürte, dass er hier nahe dran war, das Rätsel zu lösen, hier an diesem Ort. Die Fahrt war ihm endlos erschienen, aber er hatte lange Touren immer gemocht. Die Ringstraße entlangzufahren, hatte ihn in die Zeit zurückversetzt, als er am Steuer eines viel größeren Fahrzeugs gesessen und wertvolle Ladung von einem Ende des Landes ans andere transportiert hatte.

Obwohl sein Freund spurlos verschwunden war, hatte der Hinweis ihn hierhergeführt. Der See lag abseits der Touristenrouten, ein idyllisches Plätzchen, das nur wenige je zu sehen bekamen. Und jetzt war er hier, allein. Er trat ein wenig näher, ging noch ein paar Schritte über den Kies, der unter seinen Füßen knirschte, und irgendwo in der Ferne schienen die Vögel des Hochlands ihn zu rufen. Die Sonne war am Himmel ein Stück gesunken, was nur natürlich war. Er registrierte es nicht bewusst, er spürte eher, dass der Einbruch der Dämmerung bevorstand, dass das Licht seine kristallene Klarheit zu verlieren begann.

Wenn alles stimmte, müsste dies die letzte Ruhestätte seines besten Freundes sein. Er hatte nicht viel Hoffnung, seine Leiche zu finden, nicht nach so langer Zeit. Und doch drängte ihn irgendein Impuls dazu, es zu versuchen. Niemals aufgeben. Das war ein Spruch seines Vaters gewesen – jetzt fiel er ihm wieder ein.

Was, wenn sein Plan aufging? Jetzt war es zu spät, irgendetwas zu tun. Es war vor so langer Zeit passiert. Wie lang genau, in Jahren gerechnet, konnte er nicht genau sagen, aber das war eigentlich nicht wichtig.

Er schloss die Augen und versuchte, sich zu orientieren, dann schlug er sie wieder auf, ließ die Herbstfarben in sich einsickern, eine nach der anderen, und hörte, wie die Landschaft ihm zurief: *Nichts ist mehr wichtig.*

Obwohl alles andere in einen Nebel gehüllt war, wusste er eines bestimmt: dass er niemanden mehr hatte. Die wenigen Menschen, die ihm nahegestanden hatten, waren alle tot, und das Gefühl war nicht nur schlecht. Auf eine eigenartige Weise bedeutete es, dass er frei war.

Bisweilen bekam er Besuch von Leuten, die er wiedererkannte, die nebelhafte Erinnerungen aufwühlten. Solche Dinge waren natürlich willkommene Abwechslungen im täglichen Einerlei, aber es war anstrengend, nach Erinnerungen zu kramen, die nicht da waren.

Zu anderen Zeiten sahen die Besucher aus wie Fremde. Er nahm es hin und lächelte, denn Fremden hatte er nichts zu sagen.

Komm her.

Er hätte schwören können, dass sein Freund ihn rief, obwohl er natürlich wusste, dass das nicht sein konnte. Eine Laune des Herbstwinds, weiter nichts.

Er war letzte Nacht im Traum auf den Hinweis gestoßen. Gib Acht auf deine Träume, hatte seine Mutter immer gesagt. Sie hatte es wahrscheinlich nicht ganz so wörtlich gemeint. Er hatte geträumt, dass sein Freund hier war, in diesem See, dass er all die Jahre hier gewesen war.

Dann war da das Mädchen. An sie erinnerte er sich sehr gut. Das war wahrscheinlich seine einmalige Chance gewesen, Wurzeln zu schlagen und eine Familie zu gründen. Er hatte ein so starkes Gefühl gehabt, dass sie füreinander bestimmt waren, und er sah sie immer noch vor sich. Vielleicht nicht ihre

Züge und ihren Gesichtsausdruck, nur ihr Lächeln und Impressionen von leuchtenden Farben. Und er hatte noch die Musik im Ohr, die sie gehört hatten. Diese Oldies lösten heutzutage die stärksten Reaktionen in ihm aus, als wäre er im Geist an einen anderen Ort versetzt worden – ein Tanz beim Landgang, das Autoradio während der Fahrt.

Sie hatte so eine gewinnende Art gehabt. Rückblickend war es wohl sein größter Fehler gewesen, dass er sie seinem besten Freund vorgestellt hatte. Leider kam ihm gerade dieser Abend immer wieder in den Sinn, während so vieles andere verborgen blieb. Es war irgendwie leichter, sich an die schlechten Zeiten zu erinnern als an die guten. Er hatte sofort gemerkt, dass es ein Fehler gewesen war, die beiden zusammenzubringen. Schon bei diesem ersten Treffen hatte er die Funken überspringen sehen.

Diese verfluchten Funken.

Er sah jetzt alles vor sich, während er über den See blickte. Seine Erinnerungen waren wolkig, aber die alten Gefühle erwachten zum Leben. Und irgendwo, gerade außer Reichweite, verbarg sich noch ein anderes Ereignis, aber was es genau war, konnte er nicht sagen. Noch nicht.

Ihre Beziehung hatte so gut angefangen, aber ganz

allmählich hatte sie sich verändert. So viel Schmerz, so viel Enttäuschung.

Er hatte seine Zukunft mit ihr verbringen wollen, hatte sich allzu große Hoffnungen gemacht, und das hatte den Absturz nur umso härter gemacht. Es war ausgerechnet sein bester Freund, der ihn verriet.

Und dann …

Was dann?

Ihm fiel auf, dass ein Hauch Schnee auf den fernen Bergen lag, ein Vorbote dessen, was kommen würde. Eine Erinnerung daran, wie grausam der Winter sein konnte, wie er ohne Vorwarnung zuschlagen konnte. Das war oft das Schlimmste – dass es keine Vorwarnung gab.

Es war oft kalt gewesen draußen auf dem Meer, unbeschreiblich kalt, und auch auf den Straßen im Winter. Das Leben war kalt. Nicht nur kalt, sondern gefährlich.

Und es war gefährlich, sich eine Zukunft auszumalen, die nie sein konnte. Zu glauben, dass eine Illusion Wirklichkeit werden könnte.

Manchmal war ihm bewusst, dass er anfing, Dinge zu vergessen.

Mal konnte er sich an gar nichts erinnern, und

dann wiederum brachen die Erinnerungen über ihn herein wie Wellen, eine nach der anderen, in unablässiger Folge, oder alle auf einmal in einem Durcheinander flüchtiger Bilder und Farben.

Es war schwer, einen Mann zu töten.

Die Tatsache fiel ihm in diesem Moment wieder ein. Zuerst eine Empfindung, dann ein Aufflackern, und schließlich ein klares Bild. Die Erinnerung wurde von einer Woge abgrundtiefer Traurigkeit begleitet, von so viel Kummer und Schmerz. Und dennoch lag auch ein Trost darin, denn es war unmöglich zu trauern, wenn man sich nicht erinnern konnte.

So schwer, das Töten.

Er hatte seine ganze Kraft zusammennehmen müssen, um seinen Freund zu überwältigen, die Hände um seinen Hals zu legen und zuzudrücken, bis er sicher sein konnte, dass der andere seinen letzten Atemzug getan hatte, während die Sekunden sich dehnten wie Minuten und der eine Gedanke in seinem Kopf widerhallte wie ein ohrenbetäubendes, donnerndes Echo: *Ich bringe ihn um.*

Und er hatte es getan.

Ein Anfall von Wahnsinn, könnte man sagen. Aber in Wahrheit war das Motiv schiere Eifersucht.

Ein Samstagabend in Reykjavík. Herbst. Urplötzlich stand dieser eine Abend in aller Deutlichkeit vor ihm. Die Wolken hingen tief über der Stadt, als ob sie gerade dort gelandet wären. Das Abendlicht so unwirklich wie aus einer anderen Welt, von einer vagen, traumartigen Qualität.

Sie waren bei ihm in der Wohnung gewesen, er und sein Freund, als ein Streit ausgebrochen war über die Frau, die sie beide begehrten. Dröhnende Musik und Alkohol, überall halbleere Flaschen. Ein Wochenende ohne Touren, und ein Groll, der zu lange unter der Oberfläche gebrodelt hatte. Schreie und Gepolter, und plötzlich hatte er seinen besten Freund an der Gurgel.

Der Akt des Tötens war so schwer gewesen, und doch war es ihm während der ganzen Zeit irgendwie nicht in den Sinn gekommen, aufzuhören, getrieben wie er war von einer tödlichen Mischung aus Alkohol und Hass.

Aber so hatte er nun einmal gelebt in jenen Tagen – er hatte Entscheidungen getroffen, gute wie schlechte, und er hatte dazu gestanden. So viel wusste er noch, aber er wusste auch, dass die Zeit Veränderungen gebracht hatte. Er war immer noch entschlossen, aber er lebte sein Leben nicht mehr in diesem Tempo, und manchmal konnte er sich nicht einmal mehr daran erinnern, was er sich vorgenommen hatte.

Der Tod war ihm immer so fern erschienen, damals wie heute, aber dieser längst vergangene Samstagabend war anders. Er hatte seinen Freund gewürgt, und die Grenze zwischen Leben und Tod war so furchtbar dünn geworden, die Macht, zwischen beiden zu wählen – die Macht, ein Leben zu nehmen –, war buchstäblich in seine Finger geströmt.

Er hatte ein Leben genommen.

Er erinnerte sich, wie der Atem verebbt war, die Energie verflogen, wie ein Mann, der so lebendig gewesen war, in einen leblosen Körper verwandelt worden war, und sogleich hatte er sich mit einem neuen Problem konfrontiert gesehen.

Seine Tat hatte alles verändert, das wusste er. Sein Freund würde das Mädchen nun niemals bekommen, aber die Wahrheit war, dass sie beide aus dem Spiel waren. Er würde mit dem Mord leben müssen, wie auch immer er das fertigbringen sollte.

Es war verwirrend, hier auf dem Kiesstrand zu stehen, inmitten dieser atemberaubenden Schönheit, dieser prächtigen Farben, während einem die Erkenntnis dämmerte, dass man damals einen Mord begangen hatte. So überwältigt zu werden von der Erinnerung an etwas, das so lange vergessen war. Ein entsetzlicher Schock – aber auch eine Chance, sich der Wahrheit zu stellen. Und eine Chance zu bereuen.

Ihm kam der Gedanke, dass es natürlich kein gewöhnlicher Traum gewesen war, dass der Hinweis nicht einfach so aus dem Nichts aufgetaucht war. In seinem Zustand zwischen Schlafen und Wachen war die Erinnerung an das, was er getan hatte, wieder hochgekommen. Aber die Ereignisse waren ihm verschwommen erschienen, als ob sie lediglich ein leiser Hinweis darauf wären, wo sein Freund all die Jahre unentdeckt gelegen haben könnte.

Es war ein enormer Kraftakt gewesen, die Leiche allein wegzuschaffen. Das war das Problem, wenn man jemanden umbrachte: Man war immer allein, man konnte mit niemandem reden, keine Hilfe erwarten. Die Leiche war so schwer gewesen, als er sie im Schutz der Dunkelheit aus dem Lastwagen gezerrt hatte.

Die Umgebung, in der er jetzt stand – der See, die Berge –, hatte es ihm leichter gemacht, in die Vergangenheit zu blicken. Denn er hatte schon einmal hier gestanden, zur gleichen Jahreszeit, aber unter anderen Umständen. Vor vielen Jahrzehnten hatte er hier an diesem tiefblauen See in die Zukunft geblickt und nichts gesehen als endlose Dunkelheit.

Seine Mutter, strahlend wie ein Engel, und sein schweigsamer Vater – sie waren vielleicht vom Charakter her verschieden, aber sie waren beide gute Menschen gewesen. Und sie hatten ihn nach ihrem Vorbild erzogen. Er musste sich nicht unbedingt besonders hervortun – Bescheidenheit ist eine Tugend –, aber er durfte niemals anderen schaden. Und vor allem durfte er niemals töten.

Was zum Teufel machte man mit einer Leiche?

Er war einfach in den Lkw gestiegen und davongefahren. Es war seine natürliche Reaktion. Am Ruder eines Boots, am Steuer eines Wagens war er in seinem Element. Er war durch die Dunkelheit gefahren, durch die Nacht, stundenlang, bis er endlich die Abzweigung gefunden hatte, die Straße, die er vielleicht immer irgendwo im Hinterkopf gehabt hatte. Die gleiche Straße, die er heute genommen hatte, an diesem letzten Herbsttag.

Der See hatte sich nicht verändert, die Berge waren noch dieselben, und wie immer war er allein. Mit Mühe hatte er seinen Freund aus dem Wagen gehievt und ihn auf die Steine gelegt. Und dann – es stand ihm jetzt alles allzu lebhaft vor Augen – hatte er die Leiche zum See geschleift.

Niemand hatte eine solche Bestattung verdient,

und doch war es die, die er für seinen besten Freund gewählt hatte.

Irgendwo in der Mitte, auf halbem Weg zwischen dem Laster und dem See, hatte die Trauer jedes andere Gefühl verdrängt. Die Trauer hatte ihm eine Zuflucht gewährt, hatte ihn daran erinnert, dass er – wie seine Eltern – im Grunde seines Herzens ein guter Mensch war, aber dass Menschen Fehler machen können. Von denen manche fataler sind als andere.

Wie sollte man leben mit der Last einer solchen Sünde?

Der See hatte ihn an das Meer erinnert, wo sein Freund hingehörte. Dort war sein Platz, an einem Ort von so überirdischer Schönheit, tief im Wasser. Irgendwie hatte er die Geistesgegenwart besessen, die Leiche mit Steinen zu beschweren, um sicherzustellen, dass sein Verbrechen nie ans Licht kommen würde.

Er hatte zugesehen, wie die Leiche langsam unterging, die Stille des Hochlands in den Ohren, und dann war er zurückgegangen, wie er gekommen war, über den steinigen Boden zu seinem Lastwagen, ohne sich ein einziges Mal umzublicken. Und er war weiter die offene Landstraße entlanggefahren, in der Dunkelheit, allein. Er war nie wieder an diesen Ort zurückgekehrt – bis heute.

In einem Wimpernschlag verwandelte sich der See in das himmelblaue Meer, die moosgrünen Berge ringsum waren wie eine Umarmung, und er sprang, tauchte ein in die Fluten, die sich über ihm schlossen, in das befreiende Vergessen.

Die Truhe

»Wo bleibt denn bloß Harry?«, fragte ich.

Mein Freund David war pünktlich eingetroffen, aber Harry verspätete sich wie üblich.

Wir wollten uns zusammen *Cocktail für eine Leiche* anschauen – ein Vorschlag von Harry, der ein großer Hitchcock-Fan war. Ich vermute, dass ihm die Idee gekommen war, weil ich eine große Holztruhe besitze, ganz ähnlich wie die aus dem Film, den wir natürlich alle schon einmal gesehen hatten.

Neben meinem Hauptberuf als Inhaber eines Cafés in unserem Viertel leite ich seit einigen Jahren ein regionales Filmfestival, das auf das Goldene Zeitalter des Kinos spezialisiert ist.

David arbeitete für Harry, der eine kleine Produktionsfirma hatte und in den letzten Jahren ein paar vielbeachtete Fernsehserien auf die Bildschirme gebracht hatte.

Ich hatte den Tag mit David verbracht. Wir hatten ausgiebig zu Mittag gegessen und dann Vorbereitungen für den Filmabend getroffen – Zutaten für

Cocktails eingekauft und natürlich auch etwas zum Knabbern. Ich hatte Harry seit Wochen nicht mehr gesehen, und ich hatte irgendwie das Gefühl, dass unser Verhältnis sich abgekühlt hatte – aber vielleicht hatte das andere Gründe.

David und ich hatten früher zusammengewohnt, in der Souterrainwohnung in Maida Vale, die ich jetzt mein Eigen nennen darf. Nichts Exklusives, aber eine anständige Wohnung zu einem für London anständigen Preis. David schaute ab und zu vorbei, zumeist unangekündigt, da er noch seine Schlüssel hatte. Irgendwie hatte ich es versäumt, sie zurückzufordern, und die Tatsache, dass er Zugang zu meiner Wohnung hatte, machte mich seit einigen Wochen nervös, da meine jüngste Beziehung eine war, auf die ich alles andere als stolz war. Ich hatte absolut kein Interesse daran, dass David irgendwann hereinplatzte und mich mit dieser Frau erwischte.

»Mach dir 'nen Drink. Wir warten auf Harry«, sagte David.

»Natürlich warten wir, aber ich muss morgen arbeiten, also sollten wir irgendwann vor Mitternacht anfangen, den Film zu schauen«, erwiderte ich.

»Entspann dich, alter Mann. Er wird kommen, und dann machen wir uns einen schönen Abend.«

»Okay. Möchtest du auch einen Drink?«

»Noch nicht, aber fang ruhig schon an. Du wirkst ganz schön angespannt, mein Freund.«

»Bin ich nicht. Ich arbeite nur sehr viel.«

»Hält deine Freundin dich vielleicht nachts wach?«

Ich war ehrlich überrascht über die Frage.

»Meine Freundin?«

»Komm schon – es gibt da jemanden, und du willst nicht über sie reden. Ich kenne dich doch.«

»Kann sein, dass du recht hast, aber ist nicht weiter wichtig. Es ist nichts von Dauer.«

»Ist sie jünger als du?«

»Ein bisschen jünger, ja. Aber lass das jetzt bitte, Dave.«

»Jung und unschuldig.«

»Hör auf.«

»Hübsch?«

»Natürlich ist sie hübsch.« Ich brachte ein Lächeln zustande, dann fragte ich: »Hast du heute schon mit Harry gesprochen? Weiß er, dass wir um neun anfangen?«

»Das ist das Problem mit Harry – er war noch nie pünktlich, nicht ein einziges Mal in seinem ganzen Leben.«

»Es ist schon halb zehn, Dave.«

»Sollen wir um zehn anfangen? Was sagt der Kinobesitzer?« Er grinste.

Ich zuckte mit den Schultern. »Also, fangen wir um zehn an. Dann sind wir um Mitternacht fertig.«

»Wie hübsch?«

»Bitte?«

»Deine neue Freundin.«

»Sie ist nicht meine Freundin. Nur eine flüchtige Beziehung, okay?«

Ich verließ das Wohnzimmer und mixte mir einen starken Gin Tonic. Ich mochte es nicht, wie David mich verhörte, und sein Ton gefiel mir auch nicht.

Als ich zurückkam, stand er vor der großen Truhe.

Ich wiederholte meine Frage von vorhin. »Hast du nun mit Harry gesprochen oder nicht?«

»Heute noch nicht, nein. Ich habe ihn am Wochenende gesehen und ihm gesagt, dass er heute Abend um neun zu dir kommen soll. Drinks, Popcorn und sein Lieblingsfilm.«

»Dann hat er es also vergessen. Ich rufe ihn an.«

»Nein, lass uns warten. Entspann dich. Wie ich sehe, hast du dir einen Drink gemacht.«

Ich nickte, nahm einen großen Schluck und stellte das Glas auf der Truhe ab.

»Vielleicht ist er da drin.« Er sah auf die Truhe.

Ich starrte ihn an.

»Harry, meine ich«, präzisierte David.

»Ja, kann schon sein«, erwiderte ich, um mich in meine Rolle bei diesem seltsamen Scherz zu fügen. »Vielleicht ist er ja zu früh gekommen und hat sich in die Truhe gelegt, um ein Nickerchen zu machen.«

»Na ja, aber er hat doch keinen Schlüssel, oder?«

Ich schüttelte den Kopf. »Nein. Also kann es das nicht sein. Er hat sich einfach nur verspätet.«

»Falls du ihn nicht umgebracht hast.«

Und jetzt war Davids Ton todernst. Bei dem Blick, mit dem er mich ansah, lief es mir eiskalt über den Rücken.

»Findest du das vielleicht witzig, Dave? Ich bin nicht in der Stimmung für so was.«

»Du bist wirklich nervös. Ich schätze, es ist das neue Mädchen.«

»Kannst du bitte damit aufhören? Sie geht dich nichts an.«

»Wie heißt sie, wenn ich fragen darf?«

»Darfst du nicht!«, gab ich wütend zurück. »Bist du betrunken?«

»Ich bin stocknüchtern. Ich trinke später was. Wenn das alles hier vorbei ist.«

»Wenn der Film vorbei ist? Wir haben ja noch gar nicht angefangen.«

»Sollen wir anfangen? Ich glaube nicht, dass Harry noch kommt.«

»Wie meinst du das?«, fragte ich.

»Ich glaube, er ist woanders. Vielleicht in der Truhe.«

»Natürlich nicht! Da drin ist niemand.«

»Sie ist groß genug für eine Leiche.«

»Da drin ist niemand!«

»Sollen wir nachsehen?«

Und aus irgendeinem Grund zögerte ich. Mein Glas stand noch auf der Truhe, und ich verharrte reglos, den Blick auf meinen Freund gerichtet.

»Ich denke, wir sollten es für heute gut sein lassen«, sagte ich schließlich.

»Ja, ich werde bald gehen. Ich habe meine Schlüssel auf den kleinen Tisch neben der Eingangstür gelegt. Ich finde, ich sollte keinen Schlüssel mehr haben, nachdem du jetzt diese mysteriöse Freundin hast.« Und dann, nach einer kurzen Pause, fügte David hinzu: »Wie heißt sie?«

»Das geht dich nichts an!«, schrie ich.

Er lächelte. »Heißt sie zufällig Marnie?«

Einen Moment lang glaubte ich, mein Herz wäre stehen geblieben, aber dann gelang es mir, mich zu fassen. »Marnie ist Harrys Freundin. Das weißt du genauso gut wie ich.«

»Das weiß ich allerdings. Ich habe mich bloß gefragt, ob du mit ihr schläfst?«

Ich wich einen Schritt zurück.

»Natürlich nicht. Bist du verrückt geworden?« Meine Stimme zitterte. »Harry würde total … Harry würde …«

»Er ist jähzornig, ja. Was ist passiert? Hast du ihn aus Versehen getötet?«

»Ich habe niemanden getötet? Was läuft hier eigentlich?«

»Gar nichts läuft hier. Du benimmst dich sehr merkwürdig. Du trinkst, bereitest dich darauf vor, *Cocktail für eine Leiche* ganz allein anzuschauen, mit deiner eigenen Leiche in deiner eigenen antiken Truhe.«

»Da drin ist keine Leiche!« Ich schubste David zur Seite und riss gewaltsam die Truhe auf, wobei mein Drink auf den Boden flog.

Und dann stockte mir der Atem.

»Überrascht?«, fragte David, und sein Lächeln war das bedrohlichste, das ich je gesehen hatte.

In der Truhe lag Marnie. Die Frau, mit der ich seit drei Wochen schlief. Harrys Freundin.

Ich beugte mich vor, um zu sehen, ob es ihr gut

ging, aber das war eindeutig nicht der Fall. Ich versuchte, sie zu schütteln, sie irgendwie wieder zum Leben zu erwecken, obwohl ich sicher war, dass sie tot war. Ihr Gesicht war blau, ihre Augen weit aufgerissen, und ihr Blick wahrhaft verstörend.

»Es … Es ist Marnie.«

»Sie ist tot. Hast du sie umgebracht?«

»Natürlich nicht. Ich … Ich … Ich habe sie geliebt.«

»Ich würde sagen, sie ist noch nicht sehr lange tot. Vielleicht seit dem frühen Abend? Was hast du getan?«

»Ich habe gar nichts getan! Dave, du warst doch den ganzen Tag mit mir zusammen. Ich rufe die Polizei an, und du sagst es ihnen. Du sagst ihnen, dass du mit mir zusammen warst. Ich kann das nicht getan haben.«

»Ich werde der Polizei nichts dergleichen sagen. Ich lüge die Polizei nicht an. Ich muss jetzt gehen, aber wenn sie mich fragen, werde ich ihnen natürlich sagen, dass ich heute mit Harry zusammen war. Den ganzen Tag.«

»Mit Harry?«

»Ja.«

David wandte sich zum Gehen, aber dann hielt er inne, drehte sich noch einmal um und sah mich an.

»Es tut mir leid. Es tut mir wirklich leid, Alfred.«

Es wird schön, wenn die Sonne aufgeht

Aus den Aufzeichnungen von Ari Þór Arason

Ugla schläft oben.

Sie hat mir geraten, hin und wieder mal etwas aufzuschreiben. Kein richtiges Tagebuch, sondern einfach nur ein paar Gedanken festhalten, Erinnerungen, das mache sie schon seit Langem. Möglicherweise ist das wirklich keine schlechte Idee. Vielleicht lese ich es später einmal, wenn es mir gut geht (oder schlecht), vielleicht lese ich es nie, und vielleicht fällt dieses Notizbuch irgendwann Stefnir in die Hände, wenn ich nicht mehr bin.

Das war ein guter Heiligabend. Es hat von morgens bis abends geschneit, wobei es in Siglufjörður eigentlich immer schneit und der Schnee schon ein wenig von seinem Zauber verloren hat. Aber an diesem Tag nicht, da macht der Schnee alles noch schöner, strahlt etwas Warmes aus, und ich habe das Gefühl, am richtigen Ort zu sein, zu Hause. Vielleicht komme ich nie mehr weg aus Sigló, aber vielleicht ist das auch in Ordnung so.

Das war ein guter Tag, denn ich habe ihn mit Ugla

verbracht, das zweite gemeinsame Weihnachtsfest. Letztes Jahr hatte es sich irgendwie noch komisch angefühlt, mit ihr zu feiern, als hätte ich mich zum ersten Mal auf eine Eisbahn gewagt, aber diesmal war es total schön und vertraut. Das Haus in der Eyrargata ist nicht mehr bloß ein Haus, sondern wieder ein Zuhause. Wir schlafen im großen Schlafzimmer, aber über Kristín reden wir nie.

Heute früh haben wir ausgeschlafen, und morgens war es so eisig, dass die Kälte durch alle Ritzen ins Haus gekrochen ist. An Tagen wie diesen nutzt es nichts, gegen den Frost anzuheizen; man muss sich ein paar Schichten mehr anziehen – oder sich unter eine Bettdecke verkriechen.

Zum Frühstück gab es Plätzchen und Milch. Dieser Plätzchenduft ist für mich Weihnachten, wie früher, als Mama am 23. Dezember gebacken hat, am Tag des heiligen Þorlákur. Es duftet immer noch, obwohl es schon Nacht ist.

Ich kann nicht einschlafen, habe es noch nicht einmal versucht. Denn ich will noch nicht schlafen. Ich habe Kerzen angezündet, weil das Licht dann sanfter ist, und hatte vorgehabt, bis in den Morgen hinein zu lesen. Ugla hat mir ein Buch geschenkt, und ich ihr. Sie ist beim Lesen sofort eingeschlafen, und ich habe mein Buch nach einigen Kapiteln wieder zugeklappt. Die Heilige Nacht ist zum Lesen da, aber ich lese lieber erst morgen weiter. Jetzt habe ich das Gefühl, eher etwas schreiben zu müssen.

Das Abendessen hatte ich gekocht, und ich glaube, es hat Ugla geschmeckt. Ich bin so glücklich, mit ihr zusammen zu sein, dass manches unwichtig erscheint. Zum Beispiel die wenigen Geschenke unter dem Baum. Viel wichtiger ist doch, dass wir den Baum gemeinsam ausgesucht haben.

Manchmal saß ich früher so da, allein in der Heiligen Nacht, nachdem Mama und Papa schon schlafen gegangen waren. Dann habe ich gelesen, nicht unbedingt bei Kerzenschein (mit den Jahren wird man romantischer), aber das Gefühl ist immer noch dasselbe, warm wie der Weihnachtsschnee in Siglufjörður.

Ein guter Tag. Dennoch nicht perfekt. Ich vermisse Stefnir, vermisse meinen Vater.

Ich vermisse Stefnir. Aus irgendeinem Grund hat Kristín entschieden, dass er Weihnachten nicht hier sein soll. Also fliege ich oft zu ihnen, dreimal in diesem Jahr, und nehme mir dafür lange Wochenenden frei. Ich muss aufpassen, dass der Faden nicht reißt. Der Junge wird so schnell groß.

Vielleicht liest er eines Tages diese Zeilen.

Ich vermisse Papa, und natürlich auch Mama. Mit ihr hatte ich etwas mehr Zeit und konnte mich verabschieden, wenngleich ich nicht wusste, dass es der letzte Abschied sein würde. Als sie zum Flughafen fuhr und ich dachte, dass sie zurückkehren würde …

Und dann gibt es diesen Brief von Papa.

Er hat ihn geschrieben, als ich fünf Jahre alt war. Hat ihn in einen Umschlag gesteckt, adressiert und datiert. Erst vor einigen Jahren habe ich ihn gefunden. Ich habe niemandem davon erzählt, hebe den Brief an einem sicheren Ort auf und überlege, wann ich ihn öffnen soll. Er hat ihn lange vor seinem Verschwinden geschrieben, daher handelt es sich zweifellos bloß um ein paar nette Zeilen an einen kleinen Jungen, irgendetwas Schönes über das Leben und die Welt. Meist hole ich den Brief in der Nacht hervor, wenn ich allein im Dunkeln bin, halte den Umschlag in der Hand, betrachte ihn und überlege, was Papa mir wohl sagen wollte. Liebend gern möchte ich den Brief öffnen, aber ich kann mich nicht dazu durchringen.

Vielleicht jetzt, in der Heiligen Nacht. Gibt es einen besseren Zeitpunkt? Ein Weihnachtsgeschenk meines Vaters. Ich fühle mich genauso wie mit fünf, zehn, zwölf Jahren, Weihnachten bleibt immer Weihnachten, was das angeht, werde ich nicht älter. Der einzige Unterschied ist, dass *sie* nicht mehr hier sind, meine Eltern.

Und doch ist er da, in diesem einen Brief. Eine geheime Botschaft – vielleicht der Schlüssel zum Leben? Oder nur ein Rat, wie man sich heute ein bisschen besser schlägt als gestern? Ich möchte den Brief so gern öffnen und seine Stimme hören, noch ein letztes Mal. Erfahren, was er mir sagen wollte. Dieser Brief ist wie ein Fahrschein in die Vergangenheit, zu einem Abend mit Papa.

Der Umschlag ist abgegriffen, man sieht ihm sein Alter an. Er fühlt sich rau an. Wenn ich ihn in die Hand nehme, ist es, als würde ich in die Vergangenheit greifen, sie berühren. Merkwürdig und zauberhaft.

Ich sollte den Brief einfach lesen. Er hätte es gewollt. Aber für mich ist es eine Frage des Zeitpunkts, es ist wichtig, dass ich den richtigen Zeitpunkt wähle.

Noch einmal kann Papa mir etwas sagen, ein einziges Mal, und ich habe das Gefühl, dass ich ihn noch ein letztes Mal an mich drücken, mich von ihm verabschieden kann. Ich weiß nicht, ob ich zu diesem Abschied bereit bin, nicht sofort.

Es schneit noch immer. Es wird schön, wenn die Sonne aufgeht.

4 mal 3,3

Er maß den Raum noch einmal aus. Es gab sonst herzlich wenig zu tun, und die Stille trieb ihn in den Wahnsinn.

Fast genau vier Schritte auf etwas über drei Schritte, vielleicht drei und ein Drittel.

Es würde nie eine exakte Wissenschaft sein.

Inzwischen hatte er jedes Zeitgefühl verloren, aber irgendwie schaffte er es, die Fassung zu wahren. Er hatte nie unter Klaustrophobie gelitten, in dem Punkt hatte er eine hohe Toleranz, aber auch diese Schutzmauern würden früher oder später unter dem Druck der anschwellenden Stille einbrechen.

Unerklärlicherweise war er hier drin aufgewacht. Manchmal schlief er so tief, so wunderbar tief, dass sich das Aufwachen, beinahe unbewusst, wie eine neue Geburt anfühlte. Kein Empfinden für Zeit oder Ort, einen kurzen, herrlichen Moment lang. Genau dieses Gefühl hatte er jetzt gehabt, aber seine Schönheit war sehr schnell in nackte Angst umgeschlagen.

Seitdem war er nicht wieder eingeschlafen, aber

vielleicht war er schon mehr als vierundzwanzig Stunden in diesem Raum eingeschlossen. Er konnte es unmöglich wissen.

Anfangs hatte er angenommen, dass es sich um einen Streich oder eine Art Spiel handelte. Sollte er herausfinden, wie er aus dem Raum entkommen konnte?

Es war ein Spiel, keine Frage. Das Spiel von jemand anderem, und es gab kein Entkommen.

Er war mit einem Freund einen trinken gegangen, aber er konnte sich nicht erinnern, wo oder wann der Abend geendet hatte.

Jetzt aber hatte er dieses scheußliche Gefühl, verstärkt durch das einzige Geräusch, das er hören konnte: das donnernde Echo seines immer schneller werdenden Herzschlags.

Was ihn am meisten beunruhigte: Bei diesem Freund handelte es sich um den Mann, den er vor Jahren bei der Polizei fälschlich beschuldigt hatte. Mit der Folge, dass sein Freund unschuldig im Gefängnis gelandet war.

Er hatte sich natürlich entschuldigt, mehr als einmal, und sie hatten ihre Differenzen beigelegt – das hatte er jedenfalls geglaubt. Aber jetzt war er sich nicht mehr so sicher.

Es waren spontane Lügen gewesen, entsetzliche Lügen, und er bereute sie bis heute.

Vielleicht war das hier die späte Rache seines Freundes.

Ein grausamer Scherz für seine grausamen Lügen.

Komischerweise vermisste er in diesem Moment nicht die Wärme und den Glanz des Sonnenscheins oder den Salzgeruch des Meeres. Mehr als alles andere vermisste er die Geräusche, irgendwelche Geräusche. Der Lärm von der Straße, das unverständliche Stimmengewirr am Tresen, die unerklärlichen Nachtgeräusche in seinem Haus, das schlichte Ticken einer Uhr. Seine Armbanduhr war verschwunden.

Er hatte Angst.

Die Stille ängstigte ihn.

Aber das Schlimmste war, dass er genau wusste, wie lange sein Freund völlig unschuldig im Gefängnis gesessen hatte: 433 Tage.

Zu lesen beim Hören von 4'33' von John Cage.

Tod einer Sommerblume

Er hatte immer gewusst, dass er einmal zum Schauplatz des Verbrechens zurückkehren würde.

Er hatte nicht gewusst, dass bis dahin fünfzig Jahre vergehen würden. Jetzt war er ein alter Mann, der die Last dieser Sünde, dieses Verbrechens, das alles verändert hatte, jahrzehntelang getragen hatte. Es war der Grund, weshalb er ins Ausland gegangen war und Jahrzehnte dort gelebt hatte, wie ein Geächteter. Seine Heimat Island hatte keinen Platz mehr in seinem Herzen – nicht mehr seit jener dramatischen Nacht im Jahr 1958. Island bedeutete ihm nichts mehr. Dennoch war er nun hierher zurückgekehrt.

Von der Turmsuite des Hotel Borg blickt man aus der Vogelperspektive auf Reykjavík herab. Die Stadt erwacht zum Leben, die bunten Häuser verwandeln sich in ein glänzendes Kaleidoskop. Der Austurvöllur-Platz erscheint merkwürdig klein, und das große Parlamentsgebäude wirkt wie irgendein beliebiges Haus. Nichts ist so wie zuvor, die Perspektive ändert alles.

Es ist Silvester, und das Getöse des Feuerwerks ist wie Donner. Der Himmel erstrahlt wie ein abstraktes Gemälde, Farben von einer imaginären Palette sind über das ganze Firmament verstreut.

Die Farben des Himmels erfüllen die Suite, in der alle Lichter ausgeschaltet sind, mit einem schwachen Leuchten. Alles ist so merkwürdig still, trotz des lauten Feuerwerks. Alles ist so, wie es sein sollte – bis auf den Körper, der reglos in der Mitte des Fußbodens liegt. Das Leben schwindet dahin, während zur dramatischen Sinfonie des Feuerwerks ein neues Jahr anbricht.

Fünfzig Jahre ist es her. Silvester 1958. Fünfzig Jahre lang hat ihr Tod – ihr grauenvoller Tod – auf seinem Gewissen gelastet. Während andere das alte Jahr verabschiedet hatten, hatte sie Abschied von dieser Welt genommen. Ihr Name war Sóley, der Name einer Sommerblume, strahlend schön, mit ihrem langen blonden Haar. Und jetzt war er wieder in Reykjavík und stand vor dem Hotel Borg, einem Wahrzeichen der Stadt, das sich im Lauf der Jahre kaum verändert hatte.

Für einen kurzen Moment kehrte er in Gedanken zu jenem schicksalhaften Tag vor fünfzig Jahren zurück, doch er hielt sich nicht lange damit auf. Jetzt war er zurück in der Gegenwart im Jahr 2008. Auf dem Austurvöllur-Platz waren ungewöhnlich viele Menschen versammelt für so einen kalten Dezembertag. Die Leute protestierten gegen die Regierung und die Zustände nach dem Zusammenbruch der isländischen Banken. Manche schwenkten Plakate oder riefen Slogans, andere machten Lärm mit Töpfen und Pfannen. Polizisten versuchten, das Parlamentsgebäude zu schützen.

Was war aus Reykjavík geworden, seit er ins Ausland gegangen war? Hatte sich der kleine Ort in eine Großstadt verwandelt? Oder war das vielleicht schon vor fünfzig Jahren passiert? Eine dunkle Wolke des Zorns hing über der Stadt. Der Lärm der Kundgebung war ohrenbetäubend, und die Demonstranten kamen ihm unangenehm nahe. Er eilte in die Hotellobby, wo er sich sicher fühlte, jedenfalls fürs Erste. Die isländische Währung war im Zuge der Bankenkrise eingebrochen, weshalb sein Hotelzimmer nun viel billiger war als zu dem Zeitpunkt, als er es gebucht hatte.

Die Last der Schuld drückte ihn noch immer, nach all den Jahren. Warum nur hatte er es getan? Sóley – das Mädchen, das er mehr geliebt hatte als irgendetwas auf der Welt. Was war in ihn gefahren?

Eine ältere Dame saß in einem bequemen Sessel in der Lobby und las eine englische Übersetzung eines Buchs des isländischen Nobelpreisträgers Halldór Laxness. Er konnte Laxness immer noch im Original lesen – auch im Exil hatte er seine Wurzeln nicht völlig vergessen.

Er war Seemann durch und durch, und als junger Mann war er viel auf Reisen gewesen, doch er war immer wieder in den Hafen von Reykjavík zurückgekehrt. Dann hatte er dieses bezaubernde Mädchen kennengelernt. Er hatte vorgehabt, sie zu heiraten. Doch der Silvesterabend 1958 hatte alles verändert.

Ein paar Tage nach ihrem Tod war er wieder zu einer Seereise aufgebrochen, aber diesmal hatte er nicht vor, nach Hause zurückzukehren. Er ließ sich im Ausland nieder. Sóley hatte er verloren, sie existierte nur noch als Erinnerung in dem dunklen Winkel seines Bewusstseins, den er um jeden Preis zu meiden versuchte.

Er hatte als junger Mann mit dem Trinken angefangen. Zuerst hatte er getrunken, um sich zu entspannen, doch dann – nachdem Sóley gestorben war – trank er, um sich nicht mehr zu entspannen und nicht an sie denken zu müssen. Auch an jenem Silvesterabend 1958 hatte er unter Alkoholeinfluss gestanden. Er hatte am Abend zuvor mit seinen Freunden getrunken, der Abend war in die Nacht übergegangen, und die Nacht in den nächsten Tag – und er trank immer noch. Weil er seinen Alkoholkonsum nicht so unter Kontrolle hatte, wie er immer geglaubt hatte?

Er konnte sich ihr Bild immer noch vor Augen rufen – so, wie sie im Leben gewesen war, aber auch den grauenhaften Anblick ihres leblosen Körpers. *Was hatte er getan?* Alles erinnerte ihn an sie. Sein Herz war immer noch von Schuldgefühlen erfüllt.

Sie hatte ihn zu einem Neujahrsball im Hotel Borg eingeladen, und er hatte die Einladung voller Vorfreude angenommen. Er hatte sich nie vorstellen können, dass es so enden würde – wie sollte er auch? Alles wäre anders gekommen, wenn er nicht vor dem Ball dieses erste Glas des Tages getrunken hätte.

Sie waren um halb zehn vor dem Hotel verabredet. Vor dem Hotel.

Jetzt, fünfzig Jahre später, stand er in der Lobby und blickte aus dem Fenster. Er hätte sich gerne eine Tasse Kaffee und etwas zu essen geholt, aber das Restaurant war wegen einer Liveübertragung im Fernsehen geschlossen. Die Parteivorsitzenden des Landes sollten dort über die politischen Höhepunkte des vergangenen Jahres diskutieren. Inzwischen waren die Demonstranten näher ans Hotel herangerückt.

Er hatte noch ihr Bild vor sich, wie sie an jenem Abend ausgesehen hatte, jung und bezaubernd in einem neuen weißen Kleid, und wie sie sich darauf gefreut hatte, den Jahreswechsel mit ihm zu feiern. Sie hatte nicht vorgehabt, in dieser Nacht zu sterben. Im letzten Sommer ihres Lebens, als er mit ihr bei einem Picknick im Schatten gesessen hatte, hatte sie ihm sogar erklärt, dass sie vorhabe, ewig zu leben. Bei dieser Gelegenheit hatten sie über ihre gemeinsame Zukunft gesprochen. Er würde seinen Job als Seemann aufgeben und sich etwas anderes suchen. Sie planten, ein kleines Häuschen in Reykjavík zu kaufen, diesem Dorf, das so schnell wuchs und sich zu einer Stadt entwickelte. Es war nicht länger das Privileg der Oberschicht, ein Haus in Reykjavík zu besitzen. Einer seiner Freunde hatte sich tatsächlich sein eigenes Haus gebaut. Derselbe Freund, der ihn zu der Party am Vorabend von Silvester eingeladen hatte – der Party, die in gewisser Weise Sóley das Leben gekostet hatte.

Sóley war im ersten Jahr ihres Studiums gewesen – ein Mädchen vom Land, aufgewachsen auf einem

Bauernhof im Osten Islands, die einzige Tochter eines älteren Ehepaars. Ihr Vater war entschlossen, seiner Tochter die Ausbildung zukommen zu lassen, die ihm versagt geblieben war. Er sparte Geld und sorgte dafür, dass sie die Oberstufe abschließen konnte, um anschließend Medizin zu studieren. »Es wird uns noch von Nutzen sein, eine Ärztin in der Familie zu haben, wenn es mit unserer Gesundheit bergab geht«, hatte er mit einem verschmitzten Lächeln gesagt, aber seine Stimme machte deutlich, dass er vor allem seiner Tochter eine glänzende Zukunft garantieren wollte.

Ihre Eltern waren nicht besonders glücklich, als sie von ihrer Beziehung mit dem Seemann hörten, der ein paar Jahre älter war als sie und von geringer Bildung. Sie hatten gehofft, dass sie nach ihrem Studienabschluss zur Weiterbildung nach Dänemark gehen würde, bevor sie sich in jemanden verliebte. Ihr Studiendarlehen hätte wohl ausgereicht, um einen solchen Auslandsaufenthalt zu finanzieren.

Sóley wohnte bei ihrer Tante in Reykjavík. Ihr Freund war ein paarmal zum Abendessen dort gewesen, ein höflicher junger Mann. Sóleys Tante legte ein gutes Wort für ihn ein, und nach und nach begann Sóleys Vater ihn zu akzeptieren – wobei er jedoch betonte, dass sie ihr Studium nicht aufgeben dürfe, auch wenn sie heirateten. Ein einziges Mal, im Herbst, traf er seinen Schwiegersohn in spe in Reykjavík.

Der Bauer hatte nach dem Essen mit dem jungen Mann gesprochen und dabei diese Worte gesagt, die ihm auch ein halbes Jahrhundert später noch in Erinnerung waren: »Ich vertraue dir meine Tochter an. Du sollst dieses Vertrauen nicht missbrauchen.«

Und doch hatte er genau das getan: Sóleys Vertrauen missbraucht, und das ihrer Eltern. Er konnte dem Alkohol die Schuld geben oder sich selbst – es spielte eigentlich keine Rolle. Er hatte sie der Möglichkeit beraubt, das Leben zu führen, das ihr vorgeschwebt hatte, die glänzende Zukunft, die ihr verheißen war, ehe sie ihn kennenlernte.

Warum um alles in der Welt hatte sie das Pech gehabt, ihm zu begegnen?

Sie hatten sich bei einem Seemannsfest im Zentrum von Reykjavík kennengelernt. Er war mit seinen Freunden unterwegs, sie erkundete die große Stadt auf eigene Faust. Er sprach sie an, und später lud er sie ein, mit ihm zum Hafen zu gehen, wo er an einem Ruderwettbewerb teilnehmen würde. Es war beinahe Liebe auf den ersten Blick. Sie war selbstbewusst, klug und begehrt. Viel zu gut für ihn, fand er. Jedes Mal, wenn er wieder in See stach, nahm er widerwillig Abschied von ihr, in Sorge, dass sie während seiner Abwesenheit einen anderen Mann, einen besseren Mann finden würde. Doch sie betrog ihn nie. Rückblickend erkannte er, dass er keinen Grund gehabt hatte, sich Sorgen zu machen oder eifersüchtig zu sein. Er hätte sich lieber auf seine eigenen Probleme konzentrieren sollen. Am Ende erwies er sich als ihr ärgster Feind.

Die Demonstration vor dem Hotel wurde von Minute zu Minute lauter. Die Parteichefs hatten ihre Plätze im Restaurant eingenommen, und die Fernsehdebatte begann. Er kannte nicht die Namen dieser ganzen Politikgrößen, er las nie Nachrichten aus seiner alten Heimat. Er war nur dem Namen nach Isländer – in seinem Pass.

Die Proteste wurden heftiger, und eine Gruppe von Personen – wütend über den Zustand der Wirtschaft nach dem totalen ökonomischen Kollaps – versuchte, die Polizeiabsperrung zu durchbrechen und ins Restaurant vorzudringen. Einen Moment lang hatte er das Gefühl, dass sie es auf *ihn* abgesehen hatten, dass sie *ihn* bestrafen wollten. Er sah weg, und plötzlich kam es ihm vor, als wären seine Hände mit Blut beschmiert. Dem Blut der Frau, die er geliebt hatte.

Sóleys Tante hatte sie zu dem Ball gefahren. Es war zu weit, um zu Fuß zu gehen, zumal sie sich für den Anlass feingemacht hatte. Ein Stückchen ihres weißen Kleids schaute unter ihrem Wintermantel hervor. Sie achtete darauf, pünktlich am Treffpunkt zu sein. Sie waren für halb zehn verabredet, und Sóley war schon kurz nach neun dort. Die Zeit verging so langsam. Die Gäste sammelten sich draußen vor dem Eingang, und als die Türen um halb zehn geöffnet wurden, strömten sie alle hinein – übermütige Studenten, Freunde, Bekannte, Pärchen. Draußen standen noch die Studenten, die keine Eintrittskarten für den Ball ergattert hatten, aber auch ein paar ältere Männer, die die Gelegenheit nutzten, um mit jungen Mädchen anzubandeln. Sóley fiel auf, dass zwei dieser Männer ab und zu in ihre Richtung schauten. Sie sah jedes Mal weg und tat so, als hätte sie nichts bemerkt. Und dann waren sie plötzlich verschwunden.

Er hatte sich verspätet. Das sah ihm nicht ähnlich, aber dennoch … Hoffentlich hatte er nicht getrunken. Er war immer so zuverlässig, außer wenn er trank. Dann verlor er jedes Gefühl für Zeit und Ort und dachte nur noch an den nächsten Drink.

Sie hörte die Musik aus dem Ballsaal, das Geräusch

drang bis auf die Straße. Immer wieder sah sie auf ihre Uhr. *Er ist bestimmt schon auf dem Weg.*

Sie hatte doch halb zehn gesagt, oder nicht? Jetzt war es schon elf. Sie wollte ihn nicht enttäuschen, wollte nicht allein hineingehen, zumal sie auch seine Eintrittskarte hatte. Sie beschloss, noch ein wenig länger zu warten. *Er muss auf dem Weg sein.* Sie begann auf und ab zu gehen, um sich warm zu halten, ging an der Ecke des Gebäudes vorbei. Sie sah die Männer nicht gleich – bis einer von ihnen ihr die Hand auf den Mund legte und der andere half, sie wegzuzerren, in eine dunkle Gasse, wo niemand sie sehen konnte. Dort fielen sie über sie her, traten sie, schlugen sie, so lange, bis sie aufgab.

Sie konnte nicht um Hilfe rufen. Sie wusste, dass sie sterben würde, dort in dieser dunklen Gasse. Ihr Leben entglitt ihr und endete, so wie das Jahr 1958.

Er hatte die Turmsuite gebucht.

Er hatte beschlossen, sich etwas zu gönnen, auch wenn er es nicht verdient hatte, aber schließlich würde dies sein letzter Tag auf dieser Erde sein. Bald würde ein neues Jahr beginnen an einem neuen Ort, wo er vielleicht Sóley wiedersehen würde. Oder vielleicht auch nicht. Es war eigentlich nicht so wichtig.

Seine letzte Erinnerung an sie: Wie sie blutüberströmt in einer dunklen Gasse lag. Die Männer, die ihr das angetan hatten, waren längst verschwunden. Um halb zwölf hatte er es endlich zu ihrem Rendezvous geschafft – viel zu spät, und nur wegen seiner Trinkerei. Er konnte sie nirgends finden, fragte herum, doch ohne Eintrittskarte ließ man ihn nicht in den Ballsaal. Er streifte umher, suchte nach ihr – und dann endlich sah er sie dort liegen. Aber er kam zu spät. Sie war bereits tot.

Heute Nacht würde er endlich Frieden finden.

Sein Gewissen, dieses so verdammt hartnäckige Gewissen, würde ihn endlich in Ruhe lassen.

Der Lärm des Feuerwerks war das Letzte, was er hörte. Oder vielleicht der Lärm des Feuerwerks und Sóleys liebliche Stimme.

Die Tochter

»Haben Sie Kinder?«, fragte der Mann, der Hulda Hermannsdóttir in der kleinen Sitzecke der Krankenstation gegenübersaß. Er war dreißig, oder vielleicht ein wenig älter, ungefähr in Huldas Alter. Recht gutaussehend, aber auf eine andere Art als ihr Mann Jón.

Sie zögerte, bevor sie die Frage beantwortete. Normalerweise legte sie Wert auf eine gewisse Distanz zwischen ihrem Privatleben und den Menschen, mit denen sie als Polizistin dienstlich zu tun hatte. Diesmal aber hielt sie es für angebracht, eine Ausnahme zu machen.

»Ich habe eine Tochter.«

»Wie alt?«

»Ungefähr so alt wie Ihre«, antwortete sie und fügte hinzu: »Es tut mir sehr leid. Es muss schwierig für Sie sein.«

Er gab keine Antwort, wandte sich nur ab und stellte dann eine weitere Frage: »Die Entscheidung, ein Kind zu bekommen, die ist Ihnen leichtgefallen, nicht wahr?« Sein Tonfall ließ vermuten, dass er irgendwo ganz anders war, weit weg von diesem Krankenhaus mit seiner kalten, bedrohlichen Atmosphäre, mit den bedrohlichen grünen Tapeten und dem Geruch nach Desinfektionsmittel in der Luft.

Mit dieser Frage hatte Hulda ganz bestimmt nicht gerechnet, und sie hatte es bisher auch vermieden, sie sich selbst zu stellen. Es war ursprünglich Jóns Idee gewesen, dass sie versuchen sollten, ein Kind zu bekommen. Sie hatte das Thema nie angesprochen, obwohl sie wusste, dass es früher oder später von ihnen erwartet wurde. Sie selbst hatte als Tochter nie die angeblich so starke Bindung zu ihrer Mutter empfunden, weshalb ihr die Vorstellung, selbst ein Kind zu haben, mehr oder weniger fremd gewesen war.

Wieder erwog sie kurz, nicht darauf zu antworten – oder zumindest nicht ehrlich.

»Ich weiß es nicht«, sagte sie stattdessen. »Ich weiß nicht, ob es eine leichte Entscheidung war. Ich denke, das kommt auf die Umstände an.«

»Ich war sehr aufgeregt«, sagte er mit abwesendem Blick. »Und meine Frau auch. Es war so eine unglaubliche Zeit, das Warten auf das Kind.«

Für Hulda war die Schwangerschaft tatsächlich leicht gewesen, und vom ersten Moment an hatte sie eine unglaublich intensive emotionale Verbindung zu ihrem ungeborenen Kind gespürt. Von Anfang an hatte sie gewusst, dass sie ihm eine bessere Mutter sein würde, als Huldas Mutter es gewesen war. Sie hatte eine ungewohnte Zuversicht empfunden, und das kleine Mädchen war tatsächlich ein Lichtstrahl in ihrem Leben gewesen. Die Elternschaft lag Hulda, aber an manchen Tagen fragte sie sich, ob man das Gleiche auch von Jón sagen konnte. Er machte eigentlich nichts falsch, dennoch war da irgendetwas ... Es hatte mit der Art und Weise zu tun, wie er mit ihrer Tochter umging. Aber Hulda war sich sicher, dass sich das schon bald klären würde.

»Es wurde irgendwann einfach so schwierig, wissen Sie?«, sagte der Mann.

Es dauerte eine Weile, bis sie seine Worte registrierte, so sehr war sie in ihre eigenen Gedanken vertieft gewesen. Das war ungewöhnlich. Normalerweise war sie bei der Arbeit sehr konzentriert, aber irgendwie hatte der Gedanke an Jón und ihr kleines Mädchen, Dimma, sie für einen kurzen Moment an einen anderen Ort versetzt.

»Inwiefern?«, fragte sie.

»Es war anders, als ich erwartet hatte. Und dann hat uns ja meine Frau verlassen ...«

»Ja.« Hulda zögerte, suchte nach den richtigen Worten. »Haben Sie sie seither noch einmal gesehen?«

»Nein, sie lebt irgendwo in Europa, keine Ahnung. Sie hat den Kontakt abgebrochen. Ich glaube, das alles ist uns beiden ein bisschen über den Kopf gewachsen, wissen Sie?«

Hulda entgegnete nichts. Sie fragte sich, wann er sich endlich nach seiner eigenen Tochter erkundigen würde.

Die Sekunden verstrichen, wurden zu einer vollen Minute. Er saß einfach nur da und sagte kein Wort.

»Ihre Tochter wird durchkommen«, sagte Hulda schließlich. Normalerweise wollte sie nicht diejenige sein, die das Schweigen brach, aber es waren keine normalen Umstände.

»Das ist gut zu wissen«, sagte er ruhig, ohne irgendeine Veränderung in seinem neutralen Gesichtsausdruck.

Sie musste spontan an Dimma denken. Jón passte zu Hause auf sie auf, er hatte sehr flexible Arbeitszeiten. Investieren in Immobilien, so beschrieb er seine Tätigkeit, und sie hatten nie finanzielle Sorgen, trotz ihres mageren Polizeigehalts. Hulda wäre am liebsten aus diesem Raum geflüchtet, um bei Dimma und Jón zu sein, doch das Gespräch war noch nicht beendet.

»Es war wirklich kritisch, sie war sehr krank. Sicher haben Sie in der Nacht kein Auge zugetan«, sagte Hulda.

»Es war furchtbar«, erwiderte er mit emotionsloser Stimme. »Dass ein kleines Mädchen plötzlich so krank wird. Ich bin nur froh, dass ihre Mutter nicht hier ist – es wäre sehr schwierig für sie gewesen.«

Hulda hatte den Eindruck, dass er genau das sagte, was seiner Ansicht nach von ihm erwartet wurde. Und doch ergab es keinen Sinn. Gerade erst hatte er gesagt, dass die Mutter des Mädchens einfach so gegangen war. Hulda war es tatsächlich gelungen, sie in Dänemark ausfindig zu machen, mit Unterstützung der dortigen Polizei. Die Mutter war drogenabhängig, sie hatte gar nicht richtig registriert, was mit ihrer Tochter zu Hause in Island passiert war.

»Meiner Tochter geht es schon eine ganze Weile nicht gut«, sagte er. »Ich verstehe das wirklich nicht. Sie ist nicht sehr stark, die Kleine.«

»Reden wir von Monaten oder von Jahren, die sie schon krank ist?«

Er zögerte. »Monate, würde ich sagen.«

»Waren Sie schon mal mit ihr im Krankenhaus?«

»Nein. Ich habe einen Arzt angerufen und ihm die Symptome geschildert. Es war so ein Auf und Ab, das mit der Müdigkeit, also, bis jetzt …«

»Die Ärzte rechnen damit, dass sie wieder ganz gesund wird, Gott sei Dank«, sagte Hulda. »Die Behandlung scheint anzuschlagen.«

»Kann ich zu ihr?« Da war immer noch Dunkelheit in seinen Augen, eine verstörende Leere.

Sie hielt einen Moment inne, ehe sie entgegnete: »Der Katze ist es nicht so gut ergangen.«

»Bitte?«

»Ihre Katze. Sie ist gestorben.«

Der Mann wirkte überrascht – die erste ehrliche Reaktion im ganzen Gespräch.

»Meine Katze ist tot?«

Hulda nickte.

Der überraschte Gesichtsausdruck war immer noch da, aber von Schock keine Spur.

»Was tut das denn zur Sache?«, fragte er.

»Das ist der Grund, weshalb ich hier bin. Normalerweise würden Sie mit einer Ärztin sprechen, nicht mit einer Kriminalbeamtin.«

»Jetzt lässt man also schon den Tod einer Katze von der Kriminalpolizei untersuchen?« Es lag ein Anflug von Arroganz in seiner Stimme.

Sie gab keine Antwort.

»Sie glauben, dass ich die Katze getötet habe?«, fragte er, schon mit etwas besorgterer Miene.

»Ja, das glaube ich.«

»Warum zum Teufel sollte ich die Katze töten? Ich habe mich nie für das blöde Vieh interessiert …«

»Die Katze hat die Milch getrunken, wissen Sie? Aus der Schüssel mit Cornflakes, die Sie Ihrer Tochter gegeben haben.«

Jetzt schlug die Überraschung in Schock um.

»Was … Wie …«

»Ich glaube nicht, dass Sie vorhatten, Ihre Tochter zu töten. Sie wollten sie nur krank halten. Eine kleine Dosis Gift jeden Tag, war es nicht so? Oder jede Woche? Aber diesmal war es dann ein klein wenig zu viel …? Und sie wurde richtig krank …«

»Warum sollte ich …« Er vollendete den Satz nicht. Sein ganzes Verhalten strahlte jetzt Schuldbewusstsein aus.

»Ich weiß es wirklich nicht. Um Aufmerksamkeit zu bekommen? So etwas ist schon vorgekommen, dass Eltern ihren Kindern auf diese Weise Schaden zufügen. Ich habe das in meiner Laufbahn bisher nicht erlebt, und ich hoffe, dass ich es nie wieder erleben muss. Ihre Tochter wird selbstverständlich in

Obhut gegeben, und Sie müssen wir in Gewahrsam nehmen.«

Er stand auf, seine Miene war jetzt ausdruckslos.

»Und ich hoffe, Sie werden sie nie wiedersehen«, fügte Hulda hinzu.

Sofort war sie in Gedanken wieder bei ihrer kleinen Dimma. Einen Moment lang drängte sich ihr – gegen ihren Willen – die Vorstellung eines Szenarios auf, in dem Jón ihrer Tochter so etwas antat. Das war natürlich undenkbar.

Aber zugleich überkam sie beim bloßen Gedanken daran eine überwältigende Wut ... Das Aufflackern einer dunkleren Seite in ihr, von der sie nichts geahnt hatte.

Chet Baker in Reykjavík 1955, fast ausverkauft

Ich kann die Zigaretten riechen, und ich höre die Musik, die aus dem Theatersaal kommt.

Chet singt »My Funny Valentine«, genau wie gestern Abend. Gestern war die Reaktion nicht überwältigend – das Publikum will ihn lieber spielen hören –, aber ich mag diesen Song, wie überhaupt fast alles, was er macht.

Es sind seine amerikanischen Freunde, die hier hinter der Bühne rauchen. Ich kann sie nicht sehen, aber ich kann sie reden hören, obwohl die Musik so laut ist.

Ich sollte natürlich im Saal sein, aber heute Abend werde ich versuchen, mit Chet zu sprechen. Ich habe ein Notizbuch mitgebracht, wie es sich für einen richtigen Journalisten gehört, und ich habe mir überlegt, dass ich das Interview vielleicht an eine der hiesigen Zeitungen verkaufen könnte. Es sind keine Journalisten hier, und ich habe manchmal das Gefühl, dass niemand Chets Musik so zu schätzen weiß wie ich. Papa hat mir meine erste Platte von Chet geschenkt, als er von einer langen Fischereifahrt zurückkam. Die nächste habe ich mir selbst gekauft, und die dritte bekam ich wieder von meinem Vater. Ich weiß nicht, wie oft ich sie alle gehört habe.

Ich habe vor, im Winter ein Musikstudium zu beginnen. Papa hat seinen Segen dazu gegeben. Er verdient gutes Geld auf dem Schiff, und unser neues Haus ist fast fertig. Ich denke, dass Papa es fertigbauen wird, wenn er von seiner Fahrt zurück ist.

Ja, ich kann es kaum erwarten, Chet zu treffen. Ich habe so ein Gefühl, dass der heutige Tag ganz außergewöhnlich sein wird, unvergesslich – ein Tag, der nie wiederkommt. Seine Zigaretten rauchenden Freunde haben gesagt, sie würden mich mit ihm bekanntmachen, und ich könnte mich ein paar Minuten mit ihm unterhalten. Er trifft gerne seine Fans, hat einer von ihnen gesagt.

Ich hätte eine Kamera mitbringen sollen, aber irgendwie bin ich nicht auf die Idee gekommen. Mama hat zu Hause eine gute Kamera. Es wäre toll gewesen, ein Foto von mir mit ihm zu haben.

Diesmal kommt »My Funny Valentine« beim Publikum gut an, und er macht weiter mit dem nächsten Song. Jetzt kommt es mir so vor, als wäre ich im Saal – die Musik ist so klar, so kräftig. Ich schließe die Augen und stelle mir vor, dass ich auf der Bühne bin, dass Chet für mich spielt, und nur für mich.

Und dann berührt jemand meine Schulter.

Im ersten Moment denke ich, dass es Chet ist, dass das Konzert zu Ende ist …

Ich drehe mich um, die Augen immer noch geschlossen, und jetzt weiß ich, dass es Mama ist, ihr Gesicht tränenüberströmt – ein Tag, der niemals vergessen werden wird, ein Tag, der niemals wiederkehrt.

Und dann schlage ich die Augen auf.

Die Musik endet, es wird unruhig im Saal, und ich kann den Zigarettenrauch nicht mehr riechen, nur den salzigen Geruch von Popcorn.

»Bist du wieder da, mein Freund? Es ist ein Jahr her, dass wir dich zuletzt gesehen haben.« Der alte Mann, der im Theater Popcorn verkauft. »Du weißt, dass du hier hinter der Bühne nichts verloren hast.« Er lächelt mir zu. »Wartest du auf jemanden?«

Ein Augenblick am Meer

Er konnte den Ozean nicht mehr sehen, aber er konnte ihn immer noch riechen, stärker denn je. Es war der gleiche salzige und verführerische Geruch, der ihn begrüßt hatte, als er zum ersten Mal in Siglufjörður angekommen war, nach einer langen, anstrengenden Fahrt mit seiner Liebsten.

Jahrzehnte waren seitdem vergangen. Seit einigen Jahren lebte er nun schon allein in dem kleinen Haus an der Spitze des Fjords, weitab von dem Dorf auf der Landzunge. Das Haus war auf einem billigen Grundstück erbaut worden, an einem Ort, wo niemand sonst wohnen wollte. Er verbrachte nicht viel Zeit mit den anderen Einwohnern der Stadt, und sie besuchten ihn nur selten. Er hatte ein paar Bekannte, mit denen er von Zeit zu Zeit einen Kaffee trank, aber auch das passierte immer seltener, je mehr das Alter ihn einholte. Inzwischen verbrachte er die meisten Tage allein bei sich zu Hause.

Die Wochen vor Weihnachten waren langsam vergangen, er nahm das Leben mehr hin, als dass er es lebte. Die Stadt lag unter einer dicken Schneedecke, und an manchen Tagen gab es heftige Schneestürme. Die Kälte drang durch die Ritzen des alten Holzhauses, aber mit so etwas musste man hier im Norden Islands immer rechnen.

Und nun war der Heiligabend gekommen. Er hatte die Weihnachtskerze auf dem Esstisch für sie angezündet, wie jedes Jahr. Sein einziger Wunsch war, wieder mit ihr vereint zu sein. Die Kerze würde die ganze Nacht hindurch brennen, wie es der Brauch war.

Er hatte das Radio eingeschaltet, um die Christmette nicht zu verpassen. Der Duft des geräucherten Lamms erfüllte die Küche. Nur ein kleines Stück Fleisch, eine Mahlzeit für eine Person.

Sie hatten sich in ihrem Heimatort kennengelernt, einem Fischerdorf am Eyjafjörður, wo er als Hilfsarbeiter beschäftigt war. Sie war zehn Jahre jünger als er und so hübsch, dass sie die Blicke fast aller ledigen Männer in der Umgebung auf sich zog, doch sie verliebte sich in ihn. Anfangs hielten sie ihre Beziehung geheim, und als sie sich verlobten, erzählten sie niemandem davon. Ihr Glück war eingehegt, geschützt durch das Schwei-

gen. Irgendwann beschlossen sie, das Wagnis einzugehen und um den Segen ihres Vaters zu bitten.

Er reagierte erbost auf ihr Anliegen. Er schlug mit der Faust auf den Tisch, kniff die müden Augen zusammen und verkündete mit Donnerstimme, dass diese Hochzeit nur über seine Leiche stattfinden würde. Seine Tochter hatte einen besseren Mann verdient.

Es war ein warmer, sonniger Sommerabend, dessen Schönheit durch die allzu eindeutige Botschaft ihres Vaters getrübt wurde.

Sie trafen sich heimlich in der hellen Mittsommernacht, ernüchtert, aber nicht besiegt. Sie sprachen darüber, dass sie die Zukunft gemeinsam verbringen wollten. Nichts würde sie daran hindern.

Er ließ seine Gedanken zurückschweifen zu den Weihnachten seiner Kindheit, als das Fest noch auf schlichtere Weise gefeiert wurde. Es gab weniger Geschenke, doch die Stimmung war feierlicher. Damals hatte seine Familie keinen Weihnachtsbaum, und er bewunderte stattdessen die Bäume der Nachbarn, liebevoll geschmückt mit selbst gebastelten Kugeln und Spielsachen. Am Heiligabend sang seine Familie immer *Stille Nacht*. Er sang nun schon lange nicht mehr. Stattdessen lauschte er dem Kirchenchor im Radio.

Dieses Jahr hatte er keinen Weihnachtsbaum. Unnötiger Aufwand, dachte er. Er hatte auch keine Geschenke bekommen. Sein letztes Geschenk hatte sie ihm gegeben, in dem Jahr vor ihrem Tod. Seitdem stellte er an jedem Heiligabend einen Teller für sie auf den Esstisch.

Ihr war ein relativ langes Leben vergönnt gewesen. Es war sein Glück, dass er so viele Jahre mit ihr verbringen durfte, aber natürlich hätte er sich mehr gewünscht. Er hatte sich nie so recht mit ihrem Tod abgefunden, aber heute Abend war er zum ersten Mal froh, dass sie nicht da war.

Jetzt spürte er die Kälte, aber es machte ihm nichts aus. Er war die eisigen Temperaturen gewohnt. Während ihm die Kälte in die Knochen kroch, dachte er an sie – wie an jedem Weihnachten, wie jeden Tag.

Ihre Kerze brannte nicht mehr.

Sein Herz schlug beängstigend schnell, als sie die Pferde stahlen – oder vielmehr »borgten«. Sie hatten etwas Geld. Er hatte so viel wie möglich von seinem Lohn gespart, und jetzt waren sie bereit, ein neues Kapitel in ihrem Leben zu beginnen. Es war nicht ideal, an einen neuen Ort umzuziehen, aber sie zögerten keinen Augenblick.

Mitten in der Nacht brachen sie auf. Ihr Vater würde ihre Abwesenheit nicht vor dem Morgen bemerken. Mit etwas Glück wäre es dann bereits zu spät, und außerdem konnte er nicht wissen, wohin sie gegangen waren.

Sie würden in den frühen Morgenstunden in Akureyri ankommen, noch bevor das Telegrafenbüro öffnete. Sie wollten unbedingt vermeiden, dass ihr Vater ein Telegramm schickte, das ihrer Ankunft dort zuvorkam.

Während des ganzen Ritts hatte er große Angst und blickte sich ständig um. Er kam sich vor wie ein Verbrecher auf der Flucht, dabei war sein einziges Vergehen, dass er sie liebte. Sie liebte ihn auch, dessen war er sich sicher. Sie hatten nicht lange überlegen müssen, ob sie zusammen durchbrennen wollten. Sie war ebenso entschlossen wie er, aber da er als Erster die Idee gehabt hatte, drückte ihn die Last der Verantwortung. Jetzt hoffte er, dass alles nach Plan verlaufen würde. Es stand sehr viel auf dem Spiel. Das hier war ihre einzige Chance.

Er war ganz ruhig. Vielleicht war es die friedliche Weihnachtsstimmung, die auf ihn wirkte.

Er hatte nie viel materiellen Besitz gebraucht, um

glücklich zu sein, und an Weihnachten hatte es ihm nie an irgendetwas gefehlt. Vor einigen Jahren war es schwierig gewesen, an Äpfel und Zucker für die Feiertage zu kommen, und manche Leute meinten, dass Weihnachten ohne diese Dinge nicht dasselbe wäre. Er wusste es besser.

Jetzt hatten viele Familien Fernsehgeräte, obwohl es in Siglufjörður noch gar keinen Fernsehempfang gab. Er hatte gehört, dass sie am Weihnachtstag Unterhaltungsprogramme sendeten, was er irgendwie traurig, wenn nicht gar schockierend fand. Als er ein Junge war, durfte man an Weihnachten nicht einmal Karten spielen.

Die Erinnerung brachte ein Lächeln auf seine Lippen.

Der Tag hatte recht erfreulich begonnen, trotz der Einsamkeit und des Schneesturms, der draußen wütete.

Es war klar, dass dies sein letzter Heiligabend sein würde. Er bereute nichts.

Als Kind hatten sie ihm eingeschärft, niemals zu lügen, doch manchmal war es nötig, gegen Regeln zu verstoßen.

Am frühen Morgen klopften sie an die Haustür des

Bezirkshauptmanns von Akureyri. Er begrüßte sie freundlich, obwohl er offensichtlich gerade erst aus dem Bett aufgestanden war. Sie erklärten ihm, dass sie auf dem Weg nach Reykjavík seien, aber vorher noch heiraten wollten. Die erste Lüge.

Dann kam die Frage: Hatten sie die Einwilligung des Vaters der Braut?

Er hörte, wie sie tief Luft holte.

Ihre Zukunft hing davon ab, wie überzeugend er sein konnte.

Er straffte die Schultern, sah dem Bezirkshauptmann direkt in die Augen und antwortete, dass der Vater der Braut die Verlobung ausdrücklich gebilligt habe, dass sie sich aber ganz kurzfristig entschlossen hätten, zu heiraten, ehe sie die lange Reise nach Reykjavík antraten.

Es war eine Weile still. Er wagte kaum zu atmen, konnte nur warten und hoffen.

Der Bezirkshauptmann lächelte und sagte, er sei gerne bereit, sie zu trauen. Sie waren sich nicht sicher, ob er ihnen die Lügen abnahm oder ob er ihnen einfach nur helfen wollte.

Sie entrichteten die Gebühr für die Heiratserlaubnis, um der Pflicht zu entgehen, das Aufgebot in den Zeitungen zu veröffentlichen, und der Bezirkshaupt-

mann stellte zwei Trauzeugen. Dann wurden sie getraut und nahmen die Glückwünsche von Fremden entgegen.

Und dies alles geschah, bevor das örtliche Telegrafenbüro öffnete.

Ihre Ehe war glücklich und hielt Jahrzehnte, bis der Tod sie tatsächlich schied. Solange sie noch bei Gesundheit waren, nahmen sie verschiedene Jobs in und um Siglufjörður an, verdingten sich als Hilfsarbeiter und füllten am Hafen Heringe in Fässer. Sie hatten nie viel Geld, aber es war immer genug.

Ihren Vater sah sie nie wieder, obwohl die Entfernung, in Kilometern gemessen, nicht so groß war. Manchmal sprach sie davon, ihn zu besuchen, aber sie tat es nie. Und dann war es zu spät. Nachdem er gestorben war, erhielt sie Briefe, die er geschrieben, aber nie abgeschickt hatte. Darin entschuldigte er sich für seine Reaktion, ließ sie wissen, dass er sie gerne wiedersehen würde, und wünschte ihnen beiden alles Gute. Sie erfuhren nie, warum der alte Mann die Briefe nie abgeschickt hatte. Vielleicht aus dem gleichen Grund, aus dem seine Tochter ihn nie besucht hatte: Stolz und Sturheit, vom Vater an sein Kind weitergegeben. Als sie die Briefe dann endlich las, war es, als sei eine große Last von ihren Schultern genommen.

Ihr Haus in Siglufjörður war karg, aber gemütlich. Sie bekamen keine Kinder, obwohl sie es sich gewünscht hätten. Es sollte einfach nicht sein.

Aber sie fanden das Glück in ihrer kleinen Hütte im Schatten der hohen Berge des Nordens.

Sie hatte einen Onkel in Siglufjörður, der ihr wohlgesonnen war. So wurde diese kleine Stadt an den nördlichen Gestaden Islands ein Teil ihres Lebens. Gleich nach der Trauung reisten sie weiter nach Norden, im sicheren Vertrauen darauf, dass ihr Onkel ihnen helfen und sogar Arbeit für sie finden würde.

Sie ließen die Pferde in Akureyri zurück und schickten ein Telegramm in ihr kleines Heimatdorf, um zu erklären, wo sie zu finden wären. Ein freundlicher Mann, der in diesem Teil Islands die Post und verschiedene Lieferungen transportierte, nahm sie mit. Es war eine lange Reise, doch schließlich erreichten und überquerten sie den schwierigen Pass nach Siglufjörður und wurden von dem majestätischen Fjord begrüßt.

Sie wollte ihren Onkel zunächst allein aufsuchen, um ihm die Situation zu erläutern.

Er spazierte in dem kleinen Dorf umher, während

er auf sie wartete, erschöpft nach der langen Fahrt. Schließlich setzte er sich an dem steinigen Ufer hin und blickte aufs Meer hinaus. Er fühlte sich gut, und er wusste in diesem Moment, dass dieser Ort ihre Heimat werden würde.

Er atmete den feuchten, salzigen Geruch des Meeres ein und starrte auf die unbewegte Fläche hinaus, die ihn an einen wunderschön gewobenen Teppich erinnerte. Der Ozean war friedlich und verlockend und doch so mächtig. Vögel flogen über seinen Kopf hinweg. Er schloss die Augen und versuchte, sich den Anblick einzuprägen, den Geruch, die Geräusche, die berauschende Luft, das Gefühl der Vorfreude. Ein kurzer Augenblick, der niemals wiederkehren würde.

Er dachte an sein Mädchen. Seine Frau. Es war ein merkwürdiges Gefühl, plötzlich ein verheirateter Mann zu sein. Er sah sie vor sich, ihr schüchternes, bewunderndes Lächeln. Er lauschte dem Ozean, und die Geräusche erinnerten ihn an ihren Herzschlag. Und dann war sie plötzlich an seiner Seite. Sie lächelte, und er wusste sofort, was dieses Lächeln bedeutete.

Ihr Onkel, Zimmermann von Beruf, hatte eine Unterkunft für sie gefunden, eine Arbeit und ein billiges Grundstück, auf dem sie ihr Haus bauen konnten. Er half ihnen, dieses Haus zu bauen. Errichtet mit wenig

Geld und viel gutem Willen, war es klein und schlicht, doch sie gewannen es lieb.

Nie wären sie auf den Gedanken gekommen, von Siglufjörður wegzuziehen.

Jetzt, in der Kälte und der Dunkelheit, hing er diesen Erinnerungen nach.

Die kleine Stadt hatte sich drastisch verändert, seit sie hergezogen waren. Der Hering hatte sich zu einer Art Goldgrube für die Einwohner entwickelt, und nach dem Bau eines Tunnels wurde der Gebirgspass kaum noch benutzt. Er selbst war nie durch den Tunnel gefahren, und jetzt war klar, dass er nie mehr die Gelegenheit dazu bekommen würde.

Als Fischer hatte er es nie zu etwas gebracht. In jüngeren Jahren hatte er es ernsthaft versucht, doch er vertrug den Wellengang nicht. Seltsamerweise konnte er jetzt an nichts anderes denken als an die See. Vor seinem inneren Auge sah er jenen sonnigen Tag, an dem er, ein frischgebackener Ehemann, am Ufer gesessen und auf seine Frau gewartet hatte. Er konnte den würzigen Duft des Meers riechen, spürte seinen Atem. Er konnte die Vögel über sich hören – nein, fühlen. Er erlebte den Augenblick aufs Neue, als ob er nie vergangen wäre.

Er hatte die Lawine kommen sehen, als er sich zu seinem Heiligabendessen hingesetzt hatte. Er hatte am Tisch gesessen und gerade den ersten Bissen des geräucherten Lamms nehmen wollen, als er zum Fenster hinaus auf den Berg blickte. Er wartete einfach auf das Unvermeidliche. Die Lawine war wie eine allmächtige Hand, die alles ohne Unterschied aus ihrer Bahn fegte, auch ihn und das Haus.

Dass er nach dem Höllensturm bei Bewusstsein geblieben war, erstaunte ihn.

Er war sich sehr sicher, dass niemand kommen würde, um ihn zu retten. Niemand wagte sich bei einem solchen Schneesturm nach draußen, schon gar nicht hinaus zu seiner abgelegenen Hütte. Mit etwas Glück würde das Wetter sich zum Morgen hin bessern, und irgendjemand würde ihn am nächsten Tag finden, am Weihnachtstag. Man würde ihn neben seiner Frau zur letzten Ruhe betten.

Während die Schneewehen sich um seinen Körper auftürmten und der Wind über ihm wütete, wusste er mit Bestimmtheit, dass er zufrieden war. Das Leben war gut zu ihm gewesen. Er hatte die Liebe gefunden und es geschafft, sie zu bewahren – jetzt, in seinen letzten Augenblicken, war er genauso verliebt wie an dem Tag, als sie sich zum ersten Mal begegnet waren.

Diese Liebe und diese Erinnerungen waren jetzt an diesem Ort eingefroren, vielleicht auch in der Zeit. Was konnte er sich mehr wünschen?

Inspiriert von einer wahren Begebenheit

Meinen Agenten umbringen

E*rster Entwurf:* Ich saß mit meinem Agenten in meinem Lieblingscafé in Covent Garden.

Ich wusste, dass ich keiner seiner üblichen Autoren war, denn ich stamme aus ganz anderen Verhältnissen als seine anderen Kunden. Aber dennoch hatte sich unsere Zusammenarbeit gut angelassen – immerhin waren zwei Titel auf den Bestsellerlisten gelandet. Das war nun ein paar Jahre her, und jetzt lief es längst nicht mehr so gut.

Von meinem jüngsten Buch waren nur noch eine Handvoll Exemplare verkauft worden, und für mein neues Manuskript hatte mein Agent keinen Verlag finden können.

Er hatte mir einen Kaffee spendiert und über das Londoner Wetter und seine Urlaubspläne geplaudert, aber ich spürte die Anspannung in seiner Stimme, obwohl es scheinbar eine ganz freundliche Unterhaltung war.

Ich glaube nicht, dass er jemals Angst vor mir hatte, trotz meiner etwas gewalttätigen Vergangenheit, denn er wusste, dass ich ein neues Leben angefangen hatte, als ich Trost in Büchern gefunden hatte. Mein früher Erfolg war so überraschend und wundervoll gewesen, dass ich nie Zweifel gehabt hatte. Bis jetzt. Irgendetwas war schiefgelaufen, und ich gab ihm die Schuld daran. Ich fand, dass meine Bücher so gut waren wie eh und je.

»Es tut sich immer noch nicht viel«, sagte er schließlich in gedämpftem Ton. Er nahm einen Schluck von seinem Kaffee und wandte den Blick ab.

»Wovon redest du?«, fragte ich, obwohl ich genau wusste, was er meinte.

»Vom Buchmarkt«, antwortete er. »Ich habe dein Manuskript herumgeschickt, aber niemand hat geantwortet.«

»Verstehe.« Nach einem Moment des Schweigens fügte ich hinzu: »Ist das Buch nicht gut genug?«

Er wirkte erstaunt. »Doch, natürlich. Es ist brillant. Das weißt du doch.«

»Weiß ich das?«

»Ja, du bist ein sehr talentierter Autor. Aber es geht nicht immer um Talent. Die Verlagswelt hat ihre eigenen Gesetze, das solltest du inzwischen wissen.«

»Talent wird auf lange Sicht immer belohnt, denke ich.«

»Ja, schon, aber …«

»Aber nicht in meinem Fall?«

»Das habe ich nicht gesagt.« Dann, nach einer langen Pause, setzte er hinzu: »Ich denke nur, dass du es vielleicht anders angehen müsstest.«

»Wirklich?«

»Ein Neustart, sozusagen.«

Ich spürte eine beinahe unkontrollierbare Wut in mir aufsteigen – *beinahe*. Und so saß ich einfach nur da und beobachtete ihn schweigend, während ich auf seinen nächsten Schritt wartete.

»Ich denke, du solltest versuchen, einen anderen Agenten zu finden. Das funktioniert normalerweise ganz gut.«

Dieser Lügner …

»Einen neuen Agenten?« Ich lächelte. »Lässt du mich etwa fallen?«

»Ich habe eine lange Liste von Autoren, und manchmal muss man etwas verändern, so schwer es einem auch fallen mag.«

Ich trank einen Schluck Kaffee, dann beugte ich mich vor und sagte: »Ich habe da eine andere Idee.«

»Ach ja?«

»Ich bleibe bei dir, und du findest einen Verlag für mein Buch.«

»Es tut mir leid, aber wie ich bereits sagte, der Markt…«

»… ist schwierig?«

»Ja.«

»Ich bin sicher, dass du das besser kannst. Du hast dich einfach nur zu sehr auf deine anderen Kunden konzentriert.«

»Ganz und gar nicht. Ich teile meine Zeit gleichmäßig zwischen…«

»Dann solltest du mir eben mehr Zeit widmen als ihnen. Du musst mir einen Verlag finden.« Dann fügte ich hinzu: »Und außerdem hast du ja auch eine Buchhandlung, also könntest du es schlimmstenfalls auch selbst verlegen und in deinem Laden verkaufen.«

»So läuft das nicht! Ich glaube an dein Buch, aber wenn niemand es herausbringen will, dann…«

»Doch, genau so läuft es«, sagte ich, viel ruhiger, als ich erwartet hatte. »Du wirst einen Weg finden. Ich habe volles Vertrauen in dich.«

»Dein Ton gefällt mir nicht, und ich werde meine Meinung nicht ändern, was…«

Und jetzt flüsterte ich fast. »Weißt du, ich kann dich verschwinden lassen.«

»Was hast du gesagt?« Er rückte von mir ab, und das nackte Entsetzen stand in seinen Augen.

»Ich kann dich verschwinden lassen.«

Jetzt stand er auf.

»Haben wir einen Deal?«

Er schüttelte den Kopf und trat einen Schritt zurück.

»Ich kann das nicht machen, und ich lasse mich nicht einschüchtern … Ich weigere mich schlicht …«

»Es ist deine Entscheidung«, sagte ich.

»Ich mach das nicht, hörst du? Ich mach es nicht.«

»Nun ja, du hast gehört, was ich gesagt habe … Ich kann dich …«

Er verließ fluchtartig das Café.

………

Zweiter Entwurf:

Ich saß in meinem Lieblingscafé in Covent Garden. Allein.

Veröffentlichungs- und Übersetzungsnachweis

Ein Brief an den Weihnachtsmann. Aus dem Englischen von Andreas Jäger. Copyright © Ragnar Jónasson 2015. Erschienen unter dem Titel *A Letter to Santa* in: *Ellery Queen's Mystery Magazine*, US, 2015.

Weich fällt der Schnee. Aus dem Englischen von Andreas Jäger. Copyright © Ragnar Jónasson 2020. Erschienen unter dem Titel *The Silence of the Falling Snow* als exklusive Zusatzgeschichte in: *The Mist*, UK / US, 2020. In: *Morgunblaðið* (unter dem Titel *Þögnin í snjókomunni)*, Island, 2021.

Das Weihnachtsrätsel. Aus dem Englischen von Andreas Jäger. Copyright © Ragnar Jónasson 2020. Erschienen unter dem Titel *A Christmas Puzzle* in: *The Mysterious Bookshop*, special edition, US, 2020. In: *Morgunblaðið* (unter dem Titel *Jólagátan*), Island, 2024. In: *Christmas Crimes at the Mysterious Bookshop*, US, 2024.

Keine Panik. Aus dem Englischen von Andreas Jäger. Copyright © Ragnar Jónasson 2019. Erschienen unter dem Titel *Don't Panic* in: *Ellery Queen's Mystery Magazine*, US, 2019.

Urlaubspost aus Island. Aus dem Englischen von Andreas Jäger. Copyright © Ragnar Jónasson 2017. Erschienen unter dem Titel

A Postcard from Iceland in: *Mystery Tour – CWA Anthology*, UK, 2017. In: *Tímarit Máls og Menningar* (unter dem Titel *Ekkert að óttast*), Island, 2024.

Eine Weihnachtsgeschichte. Aus dem Englischen von Andreas Jäger. Copyright © Ragnar Jónasson 2025. Erschienen unter dem Titel *Christmas Day* in: *What the Worlds Needs Now*, Level Best, UK, 2025.

Dinner for Two. Aus dem Englischen von Andreas Jäger. Copyright © Ragnar Jónasson 2014. Erschienen unter dem Titel *Party of Two* in: *Guilty Parties – CWA Anthology*, UK, 2014. In: *Mystery Tribune*, US, 2018.

Für diejenigen, die er nie in den Armen halten durfte. Aus dem Englischen von Andreas Jäger. Copyright © Ragnar Jónasson 2021. Erschienen unter dem Titel *To Those He Never Got to Hold in His Arms*, Englische Übersetzung © Victoria Cribb, in: *Vogue Scandinavia*, 2020. In:*Tímarit Máls og Menningar* und *Morgunblaðið* (unter dem Titel *þeirra sem hann hafði aldrei fengið að faðma*), Island, 2022.

Die Truhe. Aus dem Englischen von Andreas Jäger. Copyright © Ragnar Jónasson 2025. Erschienen unter dem Titel *Chest* in: *Birds, Strangers and Psychos: New Stories Inspired by Alfred Hitchcock*, UK, 2025.

Es wird schön, wenn die Sonne aufgeht. Aus den Aufzeichnungen von Ari Þór Arason. Aus dem Isländischen von Annika Wolff. Copyright © Ragnar Jónasson 2021. Erschienen unter dem Titel *Það verður fallegt þegar það birtir*, limitierte Sonderausgabe, Island, 2021.

4 mal 3,3. Aus dem Englischen von Andreas Jäger. Copyright © Ragnar Jónasson 2022. Erschienen unter dem Titel *4x3.3* in: *Music of the Night, CWA Anthology*, UK, 2022.

Tod einer Sommerblume. Aus dem Englischen von Andreas Jäger. Copyright © Ragnar Jónasson 2011. Erschienen unter dem Titel *Hotel Borg* in: *Kalkül und Leidenschaft*, Deutschland, 2011. In: *Ellery Queen's Mystery Magazine* (unter dem Titel *Death of a Sunflower)* US, 2014. In: *Stína* (unter dem Titel *Borg*), Island, 2016.

Die Tochter. Aus dem Englischen von Andreas Jäger. Copyright © Ragnar Jónasson 2020. Erschienen unter dem Titel *The Daughter* in: *First Edition: Celebrating 21 Years of Goldsboro Books*, UK, 2020.

Chet Baker in Reykjavík 1955, fast ausverkauft. Aus dem Englischen von Andreas Jäger. Copyright © Ragnar Jónasson 2022. Originaltitel: *Chet Baker in Reykjavik 1955, almost sold out.*

Ein Augenblick am Meer. Aus dem Englischen von Andreas Jäger. Copyright © Ragnar Jónasson 2011. Erschienen in: *Maxi*, Deutschland, 2011. Bei *Orenda Books* (Website) unter dem Titel *A Moment by the Sea*, UK, 2014. In: *Morgunblaðið* (unter dem Titel *Andartak við sjóinn)*, Island, 2019.

Meinen Agenten umbringen. Aus dem Englischen von Andreas Jäger. Copyright © Ragnar Jónasson 2024. Erschienen unter dem Titel *Kill My Agent* in: *25, Goldsboro Books,* UK, 2024.

MIX
Papier | Fördert gute Waldnutzung
FSC® C014889

Penguin Random House Verlagsgruppe FSC® N001967

1. Auflage

Neumarkter Str. 28, 81673 München
produktsicherheit@penguinrandomhouse.de
(Vorstehende Angaben sind zugleich
Pflichtinformationen nach GPSR.)

Umschlaggestaltung: semper smile, München
Umschlagmotive: Shutterstock.com
(Claire McAdams, PawelG Photo)
Satz: Uhl + Massopust, Aalen
Druck und Bindung: Friedrich Pustet GmbH & Co. KG,
Regensburg
Printed in Germany
ISBN 978-3-442-76321-4

www.btb-verlag.de
www.facebook.com/penguinbuecher

RAGNAR JÓNASSON

Hulda-Serie

DUNKEL. *Thriller*
INSEL. *Thriller*
NEBEL. *Thriller*
HULDA. *Thriller*

»Großartig! Hulda ist eine der großen tragischen Heldinnen zeitgenössischer Kriminalromane.«

Sunday Times

»Ein gelungener, stimmungsvoller Krimi mit überraschenden Wendungen und einer außergewöhnlichen Protagonistin.«

Stern (über DUNKEL)

»Für Fans von Hulda – und alle, die es werden wollen.«

freundin (über HULDA)

btb